ハリケーン

HURRICANE

高嶋哲夫

Takashima Tetsuo

幻冬舎

ハリケーン

目次

写真　Photographer's Choice/Getty Images
装幀　片岡忠彦

第一章　それぞれの事情

1

田久保《たくぼ》は交番に駆け込むと、コートの雨粒を払った。

駅から交番までは、走ると五分もかからなかった。カバンに折り畳み傘は持っているが、駅舎をそのまま飛び出していた。

交番には、うなだれた小柄な少年が椅子に座っている。長めの髪が耳を隠していた。

少年が剛志《つよし》だと、田久保には一瞬信じられなかった。ひどく小さく弱々しく見える。薄暗い路地の片隅にうずくまる野良猫のような悲愴感が漂っていた。

何と声をかけていいか分からず、肩に手を置くのがやっとだった。剛志はさりげなく身体の位置をずらして、それを外した。

電話をもらってすぐに駆け付けたが、一時間近くたっている。ずっとこのままでいたのか。

〈田久保剛志くん。おたくのお子さんですよね〉そうだと答えた。〈剛志くんが万引きで補導されています〉と返ってきた。

時計は午後九時半を指していた。普段なら塾に行っている時間だった。

「剛志と話すことができますか」

しばらく言い合っている気配がする。声が低くて聞き取れなかった。

〈話したくないそうです。とにかく、こちらに来てくれませんか〉

年配の警察官だろう。温厚なもの言いが、多少高圧的になった。

田久保に連絡が入ったのは、母さんには言わないでくれという剛志の意思表示か。

「すぐに出ても一時間近くかかります。剛志にはそう伝えてください」

交番の住所を言われ、電話は切れた。田久保は上司の都築《つづき》に訳を話し、庁舎を出た。


五十代の警察官から事情を聞き、さんざん頭を下げた。

近くのコンビニでアンパンを一個カバンに入れたという。お金はあるが、払うのが面倒だったと言ったらしい。

「帰りにコンビニに寄って、謝っておきます」

「本人も素直に名前を言って、お金も払っています。もういいそうです。ただし、二度目はないと言っています。学校に報告するそうです。アンパン一個でコンビニの本部に報告するのが面倒なんでしょう。いろいろ騒ぎになっている時期でもあるし」

複数のコンビニで、万引き犯らしき者が映っている防犯カメラ映像を店内に貼り出したことを言っている。賛否両論が巻き起こり、店側もダメージを受けた。

交番を出るとき、今度返してくれればいいと言って、警察官がビニール傘を一本差し出した。

一瞬迷ったが、そのまま受け取った。

傘をさしかけ、剛志の肩に手を置いて歩き始めると、今度も剛志は田久保の手を避けるように肩を下げた。

「母さんに電話してもらったけど、出てくれなかった」

剛志が低い声で告げた。

「会議なんだろ。チームリーダーは忙しいんだ。しかし、バカだな、万引きなんて」

妻の恵美《えみ》はここしばらく、帰りが午前零時をすぎることが多い。

剛志は下を向いて歩き続けていたが、ぽつりと言った。

「アンパン一つで警察に知らせるとは思わなかった」

「そういう問題じゃないだろ。その時間、塾じゃないのか」

「頭が痛くて早退したんだ。歩いていると治ったけど」

すでに十一時近くになっている。

恵美に話すべきか迷っていた。彼女はまだ仕事なのだろう。リーダーをやっているプロジェクトが山場を迎えていると先週言っていた。

「今度やったら学校に通報すると言われた。分かってるよな」

マンションに着いて、カギを探していると、剛志がポケットから出してドアの鍵穴に差した。部屋に入る。ヒヤリとした空気が二人を包んだ。暗闇が奥に続いている。剛志はいつもこんな寂しい部屋に帰っているのかと思うと、田久保の身体を重苦しいものが通り抜けた。

冷蔵庫を開けると、唐揚げが盛られた皿がラップされて入っている。電子レンジであたためて食べるようにということか。

「僕はもう寝る」

剛志が部屋に入っていく。

田久保は何か言おうとしたが、その後ろ姿を見ていると、思いつかない。交番で感じたと同じ、ひどく弱々しく寂しそうに見えた。


剛志という名前は、田久保が付けた。恵美は乗り気ではなかったが、田久保が自分の意見を初めて通した。

名は体を表す。田久保優人《まさと》――。優しい人であれ、と祖父が付けた名だ。田久保は好きではない。自身の性格も嫌いだ。もっと積極的に、もっと明るくと常々思っていた。そんな自分とは違って、息子には強くなってほしかった。

剛志が変わったと思うようになったのは、いつからだろう。恵美も気付いているはずだ。彼女は田久保以上に繊細で脆《もろ》い。それを隠すために、必要以上に威勢よく振る舞っている気がする。

田久保はリビングの椅子に座って、冷蔵庫から出したビールを開ける。

雨足が激しさを増したようだ。天気予報は当たってはいるが、これほどひどくなるとは思わなかった。やはり、外れたのか。

田久保は気象庁東京管区気象台、気象防災部予報課に勤める気象予報官だ。気象衛星からの画像とコンピュータに保存された過去の膨大なデータとで気象を予測している。

雨足がさらに激しくなっている。雨粒が窓ガラスを打つ響きが田久保の中に沁み込んでくる。田久保は軽いめまいを感じ、窓から目を外した。

脳裏には三年前の光景が流れる。

斜面は幅三キロ、長さ十二キロの範囲に数ヶ所にわたり、茶色い土がむき出しになっていた。削り取られた五十万立方メートルに及ぶ土砂は三百戸の住宅を呑み込んで堆積している。ところどころに埋もれた家の一部が見えた。破壊された家を土砂が覆いつくしている場所も多い。この土砂の中には、まだ十人以上の人が埋まっているはずだ。その中に田久保の両親もいる。生きていてほしい――。田久保は両手を握りしめた。周囲ではブルドーザー、パワーショベルのエンジン音が轟いている。自衛隊の迷彩服の隊員たちが動き回っている。土砂災害が起こってからすでに二日がすぎていた。

再度降り始めた雨の勢いは一向に衰える気配を見せない。それどころか、ますます激しくなる予報が出ている。土砂災害が発生してすでに二日と半日、六十時間以上がすぎていた。田久保はそばにいる自衛隊員に向かって言った。

「あの松の木の左辺りです。両親の寝室があったのは」

土砂の間から二階の屋根瓦が見えている。三百メートル以上の高さから五十八万トンの山土が滑り落ちて来た。土砂は家の屋根と壁を打ち砕き、室内に侵入した。

「怪我人か、遺体か」

突然声が上がった。まわりの報道陣が一斉に寄っていく。フラッシュが光り、撮影を制止する声も聞こえてくる。自衛隊の動きも活発になっていた。

担架が運び出されてくる。端から垂れた腕は子供のもので泥だらけだ。

二〇一四年八月二十日、広島県広島市の北部にある安佐北区可部、安佐南区の山本、緑井、八木などを大規模な土砂災害が襲った。

この日、京都、兵庫、高知、福岡、秋田などの広範囲で豪雨による被害が発生していた。特に広島は深夜に起きた局地的かつ短期間の豪雨で、住宅地の後背にあった山が広範囲にわたり崩れた。大規模な土石流が同時多発し、さらに近くの根谷川も氾濫した。

土砂崩れは少なくとも百七十ヶ所で発生し、その後、行方不明者の捜索には一ヶ月を要した。死者七十四人、重軽傷者四十四人にのぼった。また百三十三軒の全壊を含む四百三十の家屋が損壊し、浸水被害は四千百棟におよんだ。過去三十年間の日本の土砂災害で被害は最大だ。

問題になったのは、午前三時二十分には崖崩れの通報があったにもかかわらず、市が避難勧告を出したのは四時三十分だったことだ。

周辺はかつて、「蛇落地悪谷《じゃらくじあしだに》」と呼ばれる土地だった。大蛇が落ちてくるかのような水害が起こるというたとえだ。過去の教訓は生かされなかった。

剛志の部屋からは物音一つ聞こえない。

田久保は重苦しい思いを振り払うように缶ビールをあおった。

剛志が万引きで警察に補導されたことは、恵美には言わないと決めた。ことを大きくする必要はない。恵美が疲れているのも間違いない。これ以上、トラブルを抱えさせることはない。

2

部屋に入り、剛志は勢いよくドアを閉めた。言いようのない重苦しさと苛立ちが身体の奥から湧き起こってくる。

ベッドに寝ころんで、ズボンのポケットからシャープペンシルを出した。アンパン百二十円に対して、六百五十円。誰がアンパンを万引きするか。

コンビニの店長も警察官もカバンのアンパンばかりに目がいき、ポケットは調べもしなかった。大人を騙すなんて簡単なことだ。下を向いて黙っていればいい。反省していると勝手に思い込んで、急に優しくなる。うちの両親は特にそうだ。子供にはほとんど関心がないくせに、ある振りをして思い通りに動かそうとする。自分たちの付属品とでも思っているのか。

母さんも父さんも、消えてくれるのがいちばんいい。面倒な気遣いなく、好きなことができる。でも、捕まったのはダメだ。仲間と一緒にコンビニに入ったが、僕が捕まったときにはあいつらは一人もいなかった。店員の注意を僕に向けて逃げたのか。

あいつらと付き合い始めて来月で一年になる。

初めて声をかけてきたのは中学一年の一学期、初めての中間試験の結果が返ってきた日だった。

剛志はクラスでトップだった。大した勉強もしていなかったので、自分でも驚いていた。

放課後、数人の男子生徒が剛志のところにやってきた。あまり評判の良くない連中だ。

「おまえ、マジにイヤな野郎だな。頭いいと思って、俺たちをバカにしてるんだろ」

「知ってるか。こいつ、青葉学園を落ちたんだぜ。星城中学もな。それで、仕方なく公立中学に来てるんだ。母ちゃんが言ってた。頭いい子だから、仲良くしなさいって」

「頭いい奴が、二つも私立中を落ちるかよ」

まわりから笑い声が聞こえていた。

去年の二月、剛志は二つの中学受験に失敗している。県内でも一、二を争う中高一貫の進学校だ。塾の合否判定テストでは両方ともAランクで、悠々合格という判定が出ていた。

第一志望の青葉学園は、受験の数日前から風邪をひいて、当日も三十七度台の熱があった。落ちたのは熱のせいだと大人たちは剛志を慰めたが、剛志自身はそうではないと思っている。

アガってしまったのだ。問題用紙を開くと、足がガクガクして、頭の中が熱くなった。まわりの受験生はスラスラと解いているように見えた。そうなると頭がますます熱くなり、手が震えた。二科目目も同じだった。多少は慣れたが、普段の実力の半分も出せていなかった。

帰宅して、手応えを聞いてくる母親を無視して部屋にこもった。

「元気がないのよ。部屋に入ったきり、出てこようとしない」

「らくらく合格。塾の先生は言ってたんだろ」

「でも試験は水モノだから。私だって中学受験はメチャメチャ緊張した」

「実家の広島ではそんなこと考える必要はなかった。小学校、中学校、高校と、地元の公立に通うのが普通だった。そんなに無理させる必要ないんじゃないか」

「あの子のためなのよ。今苦労しておくと、後で楽ができるの」

リビングから両親の会話が聞こえていた。ほっといてくれ、と怒鳴りたい衝動に駆られた。

合格発表の日、剛志は起きることができなかった。結果は分かっていた。算数など、半分も解けなかったのだ。いつもなら楽勝の問題なのに。

すべり止めに受けた星城中学も同じだった。周囲の人たちが驚いた。

電話で呼び出されて、仕方なく塾に行った。

教室に行く前にトイレの個室に入った。声が聞こえる。学生アルバイトの二人の講師だ。

「意外だった、剛志が落ちるとは。楽勝だと思っていたんだが」

「親にどう言えばいいんだ。受験当日の体調管理ができていなかった。そう言うしかないよな」

「すべり止めもだぜ。あいつ、本番に弱いタイプなんだな」

「だったら、これから苦労するぜ」

剛志は出るに出られなくなった。しばらくして講師控室の前に行くと、今度は女性講師がやってきた。

「剛志くん、どうしたのよ。早く入りなさい」

部屋に入った。講師の目が剛志に集中する。

「残念だったな。でも、おまえの人生、これからだからな。中学受験失敗なんかにめげるな。公立に行ったって、東大に行く奴、ごまんといるからな」

「俺だって高校まで公立なんだ。勝負は大学だ」

慰めになるのか、ならないのか、分からない言葉をかけてくる。

おかしくなったのは、それからだ。何もかもが変わってしまった。両親はなぜか剛志から距離を置くようになった。塾の友達も剛志の前では受験のことは話さないし、講師たちも遠慮がちだ。

中学に入って、塾が変わった。母親が勝手に手続きをしてきたのだ。

学区の中学校に通い始めて、自分も性格が変わったと思う。何かがプツンと切れてしまった。ぼうっとしていることが多くなり、何に対しても投げやりになった。まあいいか、と無意識のうちに呟いている。突然イライラして、怒りがこみ上げる。すべてをぶち壊したくなる。

「剛志、あんたどうかしたの。小学生のときと変わったわよ」

夕食のときに、母親に聞かれたことがある。

「どうでもいいだろ。僕の勝手だ」

「中学受験なんて気にしなくていいのよ。これから頑張ればいいんだから」

急に言葉が出なくなった。心の奥に封じ込めていたものを引きずり出された気がした。思わず箸を置いて、母親を睨みつけた。父親が驚いた表情をする。

剛志は立ち上がって自分の部屋に入り、ドアを思い切り強く閉めた。剛志がいなくなっても両親の会話は続いていた。

「気にするなって無理な話だよ。小学四年のときから三年間、頑張ってきたんだ。六年のときなんて土日と夏休み、冬休みも塾だった。本人にとってはショックだ」

父親が母親をなだめるように言う。

「でも、なんで落ちたのよ。A判定だったのよ。塾の先生は体調が悪かったって。体調管理も受験のうちだから、中学受験は家族で臨めと言ってた。私に責任を押し付ける」

「剛志は体調よりもアガったからだって言ってる。問題用紙を前にすると、手が震えて頭が真っ白になったって。僕には剛志の気持ちが分かる」

「あなたなら、分かるけど。剛志はそんな風には見えなかった。度胸がある子だと思ってた」

「きみに似てればね」

かすかな二人の声を聞きながら、剛志はふと、多摩市に住んでいる祖母のことを思い出した。

剛志は祖母のところに行くのが楽しみだった。小学生のころは行くたびに小遣いをくれた。五百円硬貨から、千円札、最後は一万円札だった。しかし、受験の前年からピタリと止まった。

渡すのを忘れたのかと思ったが、そうでもないらしい。母親に聞こうとしたが、聞ける雰囲気ではなかった。祖母の名前が出るたびに母親の表情が厳しくなる。

会いに行った帰りの電車で思い切って聞いたことがある。

「お小遣いくれなかった。忘れたのかな」

母親は答えず、考え込んでいる。

「お祖母《ばあ》ちゃん、どうかしたの。前と違う気がする。僕のことを坊ちゃんって呼んだ。いつもは剛志くんなのに」

った。

「年取るといろいろあるのよ……」

母親は寂しそうに視線を窓の外に移した。剛志は聞いてはならないことを聞いてしまったと思った。

剛志に大きな転機がおとずれたのは、中間試験が終わってしばらくしてからだ。

目の前の目標が消え、あれほど頻繁に使われていた受験という言葉も消えた。学校の勉強は易しかった。国語や社会はすでに塾で学んだことで、何もしなくても満点に近い点が取れた。

校門を出たところで、一緒に帰ろうと、五、六人のクラスメートに取り囲まれた。

剛志より頭一つ大きいリーダーが差し出したガムを口に入れ、彼らに従った。そのノッポが立ち止まった。通りを隔てたところにコンビニがある。

「おまえ、根性ないんだ。叩き直してやる。何でもいいから持ってこい」

「でも……僕はお金持ってない」

「おまえが嚙んでるガム、あのコンビニから盗ってきたんだ。金なんて払ってない」

「万引きって犯罪なんだよ。警察に捕まるんだ。高校に行けなくなるって、母さんが言ってた」

「ママが言ってたか。だったら何なんだ。おまえの母ちゃん、キャリアウーマンなんだってな。高給取りだって。小遣い多いんだろ。今度奢《おご》ってくれよ」

ノッポが剛志の頭をパシッと叩いた。

以来、学校の帰りにはカバンを持たされ、コンビニで剛志が買ったり、万引きしてきた菓子を食べながら帰った。

夏休みが始まるころには、剛志はその不良グループの一員になっていた。

母さんも父さんも、仕事が忙しくなって何も気づいてはいない。

ドアの開く音がして、母親の声が聞こえてくる。時計に目をやると、午前零時になっている。

剛志はシャープペンシルを眺めていたが、突然ゴミ箱に放り込んだ。

3

恵美は窓に目をやった。一時間前から降り出した雨で夜の都心はかすんでいる。東京、有楽町の高層ビルの二十五階。

午後十時をすぎているにもかかわらず、周辺ビルの多くの窓にはまだ明かりがついている。政府が唱える働き方改革なんてどこの話だろうと思う。

ほんの数年前、同業で過労死が問題になった。ひと月の残業時間が百三十時間を超えていたという。そのときの反省はどうしたのかと思うが、口に出す者はいない。どこも生き残りに必死だ。

チームリーダーになって、人を使うことがいかに難しいか初めて知った。人なんて嫉妬心、ライバル心、エゴの塊。会社は足の引っ張り合いの舞台だと、今さらながら確信した。特に同性の間では要注意だ。一寸先は闇という言葉は決して誇張ではない。実例はいくらでも目にしてきた。

今日も成果報告会の直前、クライアントの一社がクレームをつけてきた。直接仕事を指揮している恵美を飛び越し、上司に不満をぶつけた。

恵美は大手広告代理店、「サイバーアド」の制作部に勤務しているディレクターだった。サイバーアドの売上高はおよそ三千億円、業界第三位だ。

広告業界は大きく分けて二つの仕事でなり立っている。新聞、テレビ、雑誌、最近はウェブなど様々なメディアの広告枠を販売することと、そこに掲載する広告を企画制作することだ。

売れた広告枠は、クリエイティブディレクターがクライアントの要望を聞き、各メディアに向け具体的な企画を作り上げる。いくつかの案をクライアントにプレゼンテーションして、どれを採用するか決める。制作過程ではプランナー、デザイナー、ライターなどをまとめ上げ、チームの方向性を決めることが重要だ。恵美は現場を統括する制作ディレクターだった。

恵美の上司、クリエイティブディレクターの高柳の顔が脳裏によみがってきた。あれは明らかにトカゲのしっぽきりだ。

「お母さんの具合はどうだ。当分、気分を変えてみるのもいいんじゃないか」

書類に目を落としたまま、恵美を見ようとはしない。

「このプロジェクトから外れろということですか」

「分かっていればいい。しばらく外から見るということも大切だ」

やっと顔を上げたが、すぐに視線を書類に戻した。話は終わりという意味だ。恵美は無言で高柳を見つめて立っていたが、かすかに息を吐いて自分のデスクに戻った。

この業界で、しばらくという言葉はない。常にリアルタイムで、外に出るのは、おまえは必要ないということだ。

去年の秋、大手ファッションメーカーの春夏の販促キャンペーンをサイバーアドがやることになった。制作ディレクターだった恵美は店頭、テレビＣＭ、雑誌の連動型広告の制作を担当した。最重要事項のモデル選定は、チームでミーティングを行ったが、高柳は海外のトップモデルの起用を主張した。恵美はそのモデルの評判と日程の問題により、日本人モデルを推していた。結局、高柳が自分の考えを押し通した。

ところが一ヶ月後、海外メディアがモデルの薬物使用疑惑を報じた。ファッションメーカーはイメージダウンをおそれて販促を中止した。ＣＭは放送を取りやめるだけだったが、雑誌広告はすでに出稿済みで、店頭ポスターも全店で掲示されていた。

高柳はこの責任を制作ディレクターだった恵美と営業担当者に押し付けた。

デスクで高柳との会話を思い出していたが、気持ちの整理はつかなかった。

まわりの視線がそれとなく自分に集まっているような気がする。こういう場面は何度も経験してきた。しかし、その中心にいるのは自分ではなかった。

社内では様々な噂が流れていた。新しいチームリーダーは、恵美の部下だった女性だ。

自分の居場所はもうない。もうここにいる理由はない。いや、いることはできない。そう思った瞬間に、実家のことが頭に浮かんだ。夫でも子供のことでもなかった。実家の日当たりのいい

くる。

居間のソファーに座っている母の姿だけが浮かんでいた。

その夜、恵美は早めに会社を出た。

駅に向かって歩きながら、思わず唇を嚙みしめた。なんで私が――という思いが湧き上がって

くる。

マンションに着くころには雨は本降りになっていた。

エレベーターを降りるとドアの横の小窓から明かりが見えている。

ここしばらくは、恵美が帰る時間には剛志も田久保も寝ていることが多い。音を極力消して歩き、シャワーを浴びて、ベッドにもぐり込む生活だった。

部屋では、リビングのソファーに座った田久保がぼんやり窓を見ていた。テーブルには缶ビールがある。振ってみるとほとんどない。恵美は残りを飲み干し、冷蔵庫からもう一本取ってきた。

「珍しいじゃない。あなたが一人でビールを飲んでるなんて。それもこんな時間に」

「僕だって飲みたくなることもある」

田久保が他人事《ひとごと》のように言った。

「あなたの仕事って、ストレスなんてないでしょ。あるとすれば何？」

突然の問いに、田久保が恵美に視線を向けてきた。

「ストレスと言えば、ラッシュアワーはかなりのストレスだね。一時間の満員電車はキツイ」

「やっぱりなさそうね。天気予報屋なんて、浮世離れした世界なのよ。予想が外れても、会社が潰れることはない」

「それは認識違い。苦情はすごいよ。それに責任重大な仕事だ。弁当屋は当日の予報でその日作る数を決める。長期予報は暖房、冷房機器の生産台数に直結するし、衣料メーカーだって年間の生産予定を決める。企業にとっては死活問題だ」

「外しても、上司に怒鳴られ、首が飛ぶなんてことないでしょ。せいぜい頭を下げて、笑ってごまかす程度」

「気象予報官としてのプライドの問題かな。それに社会的な信用の失墜。そのためにプレッシャーの連続だ」

「あなたがプレッシャーを感じているとはとても思えない」

「太るのはプレッシャーのためなんだ」

まんざら冗談でもないのだろう。気象庁の同僚のデスクの引き出しには、ポテトチップや駄菓子の袋がいくつも入っていると聞いたことを思い出した。自分も深夜、パソコンの画面を睨んでいると、ついなにか口に入れたくなる。広告屋だって同じだ。

「でも、今夜はどうしたの。それに飲んでも顔に出てない。いつもは真っ赤でしょ」

「きみこそ、どうしたんだ。帰りが早いんじゃないのか」

「これが早いの？　もう、日付が変わってる」

恵美は缶ビールを飲み干すとテーブルに置いた。

「最近、剛志に変わったことはないか」

「いじめのこと――」

「剛志がいじめに遭ってるのか」

「剛志がいじめてるのよ」

恵美の口調が思わず強くなった。

なんと言っていいか分からないのか、田久保は口ごもっている。

「担任の山本先生から電話があったの。四、五人のグループで転校生をいじめてるって。お金を持ってこさせたんだって」

「それって、恐喝だぞ。犯罪だ」

「相手の子は、親の財布から抜き出したのがばれて、お母さんが学校に怒鳴り込んできた」

「よかったじゃないか。当然の対応だ」

無意識に出たようだった。田久保は自分でも思いがけない言葉だったらしく、あわてている。

「なにを言うのよ。自分の子供でしょ。私は大変だったのよ」

「いや、警察沙汰にな――」

途中で言葉を呑み込んだ。恵美の性格を知っていて、言い返すと収拾がつかなくなると思ったのだろう。

「今年に入ってすぐのことよ。すごい寒波だって、あなたが大騒ぎしてた。大雪で日本列島が凍り付くって」

今年の冬、シベリアからマイナス四十五度の寒気が下りてきて、日本列島に居座った。気象庁をあげて対応に当たり、田久保も連日職場に泊まり込んでいた。

田久保は黙り込んでいる。いじめているのが剛志というのがよほど意外だったのか。恐らく、剛志はいじめられる側だと信じていたのだ。剛志は活発そうに見えるが、無理にそうしているところがある。根は田久保の子供のころと同じだろう。人付き合いが苦手で、ぼんやり海や空を見ているのが好みだったと、田久保が言っていたことを思い出した。

「相手の親はなんて言ってる」

「今度、同じようなことが起こったら、警察に言うと」

「そうだろうな。剛志は分かってるのか、お金を取れば犯罪だってこと」

恵美は剛志の部屋の方を見た。

4

中村は飛び起きた。起床ラッパが聞こえた気がしたのだ。

目の前の消音にしたテレビでは、お笑い芸人がふざけ合っている。外は明るくなっていた。

再び布団に寝転んだ。今日は土曜日だ。心ゆくまで寝てすごすことができる。

横でスマホが鳴っている。画面を見ると、青田市とある。叔父からの電話だ。中村はそのままにしておいた。どうせ内容は分かっている。金の無心だ。留守番電話に切り替わったとたん、呼び出し音は切れた。

叔父の家を出て四年になるが、いまだに数ヶ月に一度の割合で電話がある。初めは体調など近況を聞いてくるが、最後の言葉は決まっている。

〈悪いが金をたのむよ〉一度断ったことがある。「俺も給料、多くないんだ」〈おまえを一人前に育てるのにいくらかかったと思ってるんだ〉声の調子が変わった。絶句していると、声は元に戻っている。〈兄貴の子は俺の子と同じだ。そう思って育ててきた。おまえだって、そうだよな〉電話は切れた。

その日のうちに三万円を振り込んだ。それが四年間続いている。二十四回、計七十二万円だ。あの人はいくら振り込まれたか覚えているのだろうか。預金通帳を見るたびに思う。

中村真一は先週、二十二歳の誕生日を迎えた。その日も電話があった。〈おまえも、もう一人前だ。兄貴も喜んでるだろう。おまえは俺の家族だ〉最後は同じ言葉で終わった。

中村は練馬駐屯地を本拠地とする陸上自衛隊第一師団の第一普通科連隊に所属する陸士長だ。高校を卒業して入隊後、五年目になる。

第一師団は東京、茨城、千葉、埼玉、神奈川、山梨、静岡の一都六県の防衛のために編成されている。その中の第一普通科連隊は主に東京二十三区の災害派遣と防衛警備を担任する。

陸上自衛隊に入ると教育訓練の期間である二等陸士を半年すごし、その後一等陸士として部隊に配属される。

以後、二年以内にほぼ自動的に陸士長となる。毎月の俸給は十三号俸で基本給は約二十万円。練馬は都心に近い一級駐屯地なので、地域手当が十八パーセント加算される。

独身で営内勤務の場合、家賃や食費、光熱費といった基本的な生活費はかからない。ただし、毎日の訓練で用いるワーキングブーツなどは、消耗すれば自腹で購入しなければならない。こうした事情を叔父が知っていたので驚いたことがある。

中村の両親は彼が中学二年のとき、交通事故で死んだ。

センターラインを越えて来た乗用車をよけようとして、電柱に衝突した。運転していた父親と、助手席にいた母親は即死だった。後部座席で中村の隣にいた妹も、内臓破裂で翌日に亡くなった。乗用車を運転していた七十代の女性も即死だった。中村たちの車の後ろを走っていたトラックと衝突したのだ。

中村だけが、軽い怪我だけで助かった。

ご両親がきみを護《まも》ってくれたんだ――。病院で、両親の死亡を告げに来た医者の言葉は今も耳の奥に残っている。

父方の祖母に引き取られたが、その祖母も二年後、中村が高校に入学した年に死んだ。肺ガンだった。

その後は、祖母の家に一家四人で引っ越してきた叔父に育てられた。

叔父一家と暮らし始めてからは、いつも家を出ることだけを考えていた。中村は家族外のよそ者で、いつも孤独だった。中村が叔父一家の輪に入ると、その場がぎこちなくなるのだ。

高校卒業と同時に自衛隊に入隊した。

駅のポスターを見て、受験を決めた。合格して寮に入れば、身体一つでも生活ができそうだったからだ。

求められている身体的条件は、身長百五十五センチ以上、肺活量三千cc以上、裸眼視力が〇・六以上。筆記試験は適性試験と作文、国語、数学、社会の三科目だった。受けたのは自衛官候補生試験。任期付きの訓練生のようなもので、終身雇用となる一般曹候補生試験よりも易しい。

任期二年目で、自衛隊で生涯を暮らしてもいいと思い始めた。自分には家族と呼べるものはない。自衛隊にいれば、家族を懐かしがる時間もなくなると考えた。

四年間、自衛隊の隊舎で生活した。原則として週二日の休みと、盆と正月は外出できたが、中村には帰る家はなかった。

中村は自衛隊の生活が嫌いではなかった。目先のことに集中していれば、何も考えなくてよかったからだ。

自衛隊の一日は朝六時、隊舎の起床ラッパで始まる。

ベッドを出て名前と階級の付いた作業服に着替える。廊下で朝の点呼が終わると、六時半から食堂で朝食をとり、部屋を掃除する。

その後の課業は日によって異なるが、八時十五分から訓練が始まる。昼食後もその日の課業を継続して、夕方五時には、朝に掲揚した国旗を下げて敬礼し、隊舎に戻る。

五時半からの夕食、九時半の清掃を終えると、十時の消灯まで自由時間になる。

緊急事態にそなえ、特別な用がなければ外出はできない。交代で宿直がある。緊急時は休暇中の隊員も緊急招集がかけられ、部隊に戻らなければならない。そのため、遠出をするときは事前に上官の許可を取っておく必要がある。

帰る家のない中村は仲間から重宝がられた。中村に頼めば、いつでも宿直を変わってもらえる。

「おまえらは一般人とは違う。二十四時間、三百六十五日、自衛官だ。町で一般人と喧嘩をしたら、マスコミに袋叩きにあう。自衛官が、と大きく扱われる。絶対にトラブルを起こすな」

中村が自衛隊に入隊したときから言われ続けてきたことだ。中村は目立たないように振る舞うのが癖になっている。

休日は隊舎で寝ていたり、本を読んですごしたが、このままだと何のために生まれてきたのか分からないとも思ったりした。

駐屯地から出ない隊舎での生活は、四年近く続いた。だが、自由からはほど遠い生活には限度があった。二ヶ月前に電車で一駅の上板橋に部屋を借りた。寝具、テレビと冷蔵庫、最小限度の生活必需品を買う金は持っていた。

トイレの炊事場も共用のアパートだったが、週二日の休みはほとんど部屋を出ることもなくすごした。初めて、自分の世界を持ったのだ。

中村は布団に寝ころんだまま手紙を開いた。昨日、隊舎を出るときに渡された手紙だ。

「ＨＡＰＰＹ　ＢＩＲＴＨＤＡＹ　ＳＨＩＮＩＣＨＩ」と書いてあった。何色もの色鉛筆でぬり分けられている。拙いアルファベットだが、懸命に書いた跡がうかがわれた。誕生日は祖母が死んで以来、誰にも祝ってもらったことはない。

消印は多摩市になっている。地図で調べたことがあるが東京の南西にある町だ。多摩ニュータウンという言葉は聞いたことがあった。

中村が部隊の公式任務として出動したのは三年前、広島土砂災害の被害者の救出だった。

「被災者との個人的な関わり合いは避けるように」これも、上官から言われていることだ。「災害派遣は、多くある自衛隊の任務のうちの一つだ。決して、特別なものではない。ただ最善を尽くして、任務をまっとうするだけだ」

被災者と深く関係すると必ず何かのトラブルが生じる。それを避けるには、関わりすぎないことだ。中村には上官の言うことが理解できた。

5

「今年は忙しくなりそうだ」

パソコンの画面に目を向けたまま都築敏幸《としゆき》が言う。

彼は予報課の課長だ。一つ歳下だが田久保の上司になる。気象大学校出身で気象に関する限りは、田久保の数倍の知識を持っている。だから、歳下ながら都築には一目置いている。

通称「気大」と呼ばれる気象大学校は、千葉県柏市にある気象庁の幹部養成を目的とした省庁大学校だ。一般の大学の理系と同様、人文科学、社会科学、数学、物理などの基礎科目の上に、気象業務に必要な専門分野を集中的に教えられる。さらに、地震、火山、海洋気象などの研修コースがある。

入学後は一般職の国家公務員として扱われ、月額約十五万円の給料および賞与がある。入学金、授業料、寮費はすべて無料で、卒業後はそのまま気象庁に入ることができる。

田久保も受験を考えたが、一学年の定員は十五名程度、偏差値は七十前後と聞いてあきらめた。

「南太平洋の海水温が異常に高くなる可能性がある。エルニーニョだ。台風がいつ発生してもおかしくない」

田久保は都築が差し出したデータシートに目を落とした。今年半年間の台風発生確率とその場所だ。二枚目にはその進路が示されているが、二桁の台風が日本を横切るか、かすめている。

都築が開発したコンピュータソフトによる、台風のシミュレーション結果だ。

「半分当たればいいと思ってる。学会に出せば、眉唾だと顰蹙《ひんしゅく》を買うな」

「確実に毎年増えてるって結果は当たってる。しかし、まだ四月だぞ。二〇一四年の二の舞はご免だからな」

あの年は、六月から日本に接近した台風があった。その後、スーパー台風と言われる風速六十五メートルを超える台風が続き、秋が終わるころには四個の台風が日本を直撃している。

「俺に言うなよ。自然現象なんだから」

「これも、地球温暖化の影響なのかね」

「すべてではないとしても、いくぶんかは。この傾向は、今後ますます強くなるんだろう」

都築は他人事のように言うが、地球温暖化については人一倍気にかけているのが分かる。普段は二酸化炭素を極力出さない。パソコンや電灯を小まめに消しているなどの行動に、田久保は気付いていた。

気象庁東京管区気象台は大手町にある。田久保は予報課の係長で、大学は理学部の地球物理学科を卒業し、物理系で採用された。

地域気象観測システムアメダスから送られてくるデータ、全国の気象データを解析して、主に東京管区の中長期的な気象予報を行っている。田久保の年齢では後輩の指導が中心になるが、まだ現場中心で研究し、その成果を気象台や地区ごとに開催される調査研究会で発表している。

これも都築の配慮によるところが大きい。代わりに都内の中学や高校などで講演を時折りやらされている。消極的な性格を直すためと言われているが、田久保にはきついところがある。

田久保はここ十年以内の台風の数を思い浮かべた。

「台風は数じゃない。その規模と進路こそ、重大なんだ」

田久保の考えを見すかしたように都築が言った。

「日本は台風に慣れすぎて、台風に関する感覚が麻痺している。昔は千人単位の死者が出た大災害だったが、最近は地震や津波のような大規模災害が続いて、すっかり影が薄くなった。いずれしっぺ返しを食うね」

都築の持論だが、当たっていると思う。

昭和の三大台風——室戸台風、枕崎台風、伊勢湾台風では、いずれも千人を超す死者行方不明者が出ている。

一九三四年、室戸台風は高知県室戸岬に上陸、関西を通過して北陸まで達した。被害は九州から東北にまで広がり、死者と行方不明者は三千人を数え、浸水被害は四十万軒以上となった。

一九四五年九月、枕崎台風は終戦直後の鹿児島県枕崎に上陸した。宮崎県で最大瞬間風速七十五メートルを記録する大雨を伴う風台風で、戦時の伐採で弱くなっていた山々が土砂災害を起こした。西日本を中心に被害が広がり、死者行方不明者は三千八百人近くに達した。

一九五九年、伊勢湾台風は、和歌山県潮岬に上陸して勢力を保ったまま本州を縦断した。伊勢湾では海水を吸い上げることにより、記録的な高さの高潮が発生した。死者行方不明者は五千人に達する大惨事となった。

地域気象観測システムアメダスやコンピュータ・シミュレーションが発達した現在、台風の進路、規模がほぼ正確に分かり、各地の状況もリアルタイムで把握できる。対策も取りやすくなってきた。堤防や建物も格段に堅牢になり、台風被害は昔ほど大きくなくなった。

「最近では、台風が来ると豪雨による河川の氾濫が起こる。切り離せない関係、セットで考えなきゃならない。おまけに今後は、地盤の問題まで考えなきゃならなくなった」

都築は広島土砂災害のことを言っているのだ。

あの時、田久保が管区外の災害現場に駆け付けることができたのも、都築の口添えが大きかった。発生の翌日には現場に入ることができた。安佐北区に田久保の両親が住んでいるのを知っていたのだ。

都築が立ち上がって田久保の背後に回った。

田久保はあわててマウスに手を伸ばした。その手を都築が押さえて、画面を覗き込んでくる。

「隠すことはないだろ。僕だって興味があるんだ」

画面には広島の地盤地図が映し出されている。

「雨量が与える地盤変化の速度か。確かに今後の研究課題にはなりうるな。台風発生の頻度は極端に増え、規模も大型化している。それに伴う雨量も大幅に増えている。集中豪雨もますます増えるだろうし」

都築は軽いため息をついた。「気象庁が地質学までやるとなると、越境って騒がれる。でも、田久保さんの気持ちも分からなくはない」

「別にどっぷり浸かろうって気はない。今後、気象学者も知っておかなきゃならないと思う。異常気象が引き起こす自然災害。洪水や土砂災害。これからますます重要になる」

「これも地球温暖化の影響だね。海水温度の上昇、エルニーニョ、ラニーニャ現象、異常気象の多発。台風、集中豪雨。僕たちはますます忙しくなる。従来の気象知識が役に立たなくなるってこと。僕たちは予報を外し、ますます叩かれる。まるで、中世ヨーロッパの魔女狩りだ。僕らは予言者じゃないんだけどね」

異常気象を予見しながら、より正確な天気予報を行う。アメダス、スーパーコンピュータのシミュレーション、リアルタイムの通信機器、ＧＰＳ――。使える道具はどんどん進化している。それをどう取り入れ、より正確な結果を得るかが科学者の仕事になっている。

ドアが開き、スーツ姿の大柄な男が入ってきた。部長の田畑だ。

「中長期予報の原稿をまとめておいてくれ。前のように、根拠まで付けられると、外れたときに問題が多すぎる。覚えている者もいて、責任者を出して説明しろとしつこく電話をかけてくる。怪しいところと難しい説明は省いてくれ。素人《しろうと》でも分かりそうな推測でいい」

田畑は一気に言うと出て行った。都築と同じ気象大学校出身だが、研究者というより管理職に向いている男だ。

「部長は田久保さんの予報がお気に入りだ。分かり易いって評判らしい。今度も頼むよ」

都築はからかうように言って、田久保の肩を叩いた。

6

一時間ほど後、都築からメールが来た。

〈川端明彦。土木研究所。僕の高校時代の友人。変な奴だけど一度会ってみるといい〉

その後に研究所の場所と電話番号が書いてある。

すぐに次のメールが届いた。

〈僕からきみについて電話をしておいた。急がなくていいから、行ってみたら。彼は広島の土砂災害にも、国の調査チームの一人として入っている〉

都築が机越しに手を振っている。田久保は腰を浮かせて頭を下げた。

〈田久保さんですか〉

初めて聞く女性の声だ。ためらいがちの話し方は、自分たちの業界の者とは違う。恵美は無意識のうちに声のトーンを落とした。

「そうですが――」

〈多摩市民病院の者ですが、山村良枝《やまむらよしえ》さんはあなたの――〉

「私の母です。山村は私の旧姓です」

〈財布に写真が入っていて、裏に名前と電話番号が書いてありました。お母さんが怪我をなされて、救急車で運ばれてきました。右大腿骨の骨折です〉

自転車で坂を下りていて、スピードが出すぎて曲がり切れず、溝に突っ込んだという。自転車にはもう乗らないように電話で伝えたのは先週だ。

〈手術はあと一時間ほどで終わります。できるだけ早くおいでください〉

女性は病院名と住所を言った。恵美も知っている病院だ。

母親は多摩ニュータウンに住んでいる。五十年近く前にできた町で、今ではオールドタウンだと皮肉る者もいる。

恵美も大学卒業までは両親と一緒に住んでいた。当時からすでに町の老齢化、老朽化がマスコミに取り上げられている。都心まで特急で三十分、各駅停車でも一時間という距離で、恵美には都心の延長のような気がしていた。

昼間は都心の大学ですごし、夕方以降は学習塾の講師のアルバイトをして、帰るのは深夜だった。自宅ですごす時間は長くはなく、昼間の多摩地区はよく知らなかった。

恵美は遠慮しながら上司に電話のことを告げて、早退を申し出た。上司は早く行くように言った。以前なら考えられないことだ。完全に戦力から外されている。

恵美は複雑な思いで会社を出ると、田久保に電話を入れて、その足で母の病院に向かった。駅前にある総合病院で、母親に付き添って何度か来たことがある。町の要請に合わせて、老人関係の医療が充実していると雑誌に取り上げられたこともある。

多摩ニュータウンは、五十年前に団塊の世代が集中して住んだことから高齢化問題が指摘されているが、実際には初期から入居していた世代の高齢化よりも流入人口の方が多い。日本の高齢化率二十七パーセントと比べて、二十二パーセントとさほど高くはない。

恵美は病室の前で立ち止まり深呼吸した。その途端、咳き込みそうになった。病院独特のにおいを含んだ空気が肺に満ち、胸が重苦しくなる。

室内に一歩入って、思わず立ち止まった。

ベッドには右足にギプスをはめ、顔中すり傷だらけで絆創膏を貼った母親が眠っている。ただ表情は穏やかだ。

いくぶんホッとしたが、見かけに反して何事もないような母親の寝顔を見ていると、無性に腹が立ってきた。

自分がここに来るためにどれだけの犠牲を払ってきたか、これから払わなければならないか。自分勝手な理屈であることは承知しているが、抑えられない気持ちはある。

誰の世話にもならないからね。自分の面倒は自分で見るから――。良枝が口癖のように言っていた。その言葉通り老後の貯えもあるし、身体が動かなくなったときのことも、口には出さなかったが考えてはいたようだ。しかし、認知症については考えていなかったのか、考えるのを避けていたのか。恵美には分からなかった。財布に名前と電話番号を書いた写真が入っていたというのも意外だった。

恵美が幼かったころの母親の様々な姿が脳裏に浮かんでくる。目の前に眠る人は、まぎれもなく、私の母親だ。私を産み、育ててくれた人だ。自分にもっとも近い人ではなかったか。そう自分に言い聞かせていると、いらついていた気分がいくぶん落ち着いてきた。

窓際の椅子を引き寄せて腰を下ろす。全身から力が抜け、急に疲れを感じた。

ドアの開く音で意識が呼び戻された。

顔を上げると看護師が立っている。痩せた中年女性で、良枝の顔を覗き込んだ。

「まだ麻酔で眠っておられます。ひと月はこのままの状態で、すごさなければなりません。問題は――」

看護師が言い淀む。

「私どもが心配しているのは、骨折が治った後のことです。ひと月、この状態でおられますと、足の筋力はかなり落ちます。同時並行してリハビリは行いますが、お母様の年齢になりますと入院すると認知症も進むと考えられています。ですから――」

看護師が再び言いにくそうに恵美を見る。

「受け入れ先のことですね。母に話してみます」

右足の骨折で全治二ヶ月。歳を考えるともう少しかかるだろう。完治しても前のように、歩けるようになるとは限らないとも告げられた。

「すでに認知症がかなり進んでいます。患者さんに相談するよりは、娘さんが決定する必要があると思います。ご自分では正しい判断は——」

うすうすは感じていたが、いざ言葉にされると動揺してしまう。あの気丈な母が、という気持ちが強い。

看護師が出て行ってから、恵美は母親の顔をまた見つめた。

歳の割には若々しいと思ってはいたが、やはり七十九歳という年相応の衰えは出ている。刻み込まれた皺《しわ》、半分以上白髪の交じった髪、細い腕と指。去年までは化粧と白髪染めでカバーしていたのだろう。白内障の手術に付き添ったのは、二年半前だったか。そのときはメガネを新調し、一緒に映画を見に行った。

知らず知らずのうちに、恵美の頬を涙が伝っていく。

7

中村は着替えて新宿に出た。

練馬の駐屯地に住み始めてから池袋には何度か行ったが、新宿は初めてだ。隊舎の仲間に誘われたこともあるが断っていた。

高校卒業後五年目で初めて開かれる同窓会に出席する。まだ三時間以上ある。新宿の町を歩くつもりだったが、雨が降り始めている。カフェテリアに入り、通りに面したスツールに座った。

外を歩く人たちが急ぎ足になり、雨を避けて店の軒先に駆け込んでいる。雨足はますます激しくなった。集中豪雨だ。店に人が増え始めた。

中村はドーナツを食べ、ジュースを飲みながら、激しく降り続ける雨を見ていた。ふと思い出して胸ポケットから手紙を出して広げた。すでに十回以上読み返している。

子供の字でひと月間の出来事が書いてある。最初は便箋に三分の一程度だったが、今では一枚と数十行に増えていた。たまには写真や絵も入っている。

中村はゆったりとした気分を感じていた。

降り続いていた雨はやんだ。

一歩踏み出すと膝まで泥に埋まった。引き抜こうともがくと、ますます深く入っていく。ヤバい、と思ったとき、両側から腕をつかまれて引き出された。仲間という言葉の意味を初めて嚙みしめた。自衛隊に自分の居場所の片鱗を感じた。

目の前に広がっている濃い灰色の土は、山から流れ出た土石流だ。

ほんの十メートルあまり先の家がたどり着けない彼方のように思える。平屋建ての家は傾き、屋根の一部を残しほぼ泥で埋まっていた。山からの泥を含んだ濁流が、家の壁を突き破り、土台から引き離し押し流したのだ。

「あの家の寝室に母が寝ているはずなんです」

必死の形相で訴える中年の女性に、上官の長岡一等陸曹は言葉を返せない。どう答えていいか分からないのだ。

「板を持ってこい。その上を通って屋根まで行く」

自衛隊員たちの動きが激しくなった。

家までは板を置けば何とかたどり着ける。問題はそれからだ。泥の上に出ている屋根を壊して、天井裏にもぐり込む。天井をつたって行けば下の状況は分かるだろう。問題はどれだけ泥が入り込んでいるかだ。

「この状態では土石流がいつまた起こるか分からない。今度起これば、家を呑み込んで、押し流す可能性が高い」

長岡が隊員たちに向かって言った。

「もうすぐ陽が落ちます。暗くなる前に行くべきです。私が行きます。天井を進まなければなりませんので」

中村は名乗り出た。隊でいちばん小柄なのは中村だった。

家まで渡された板を通って屋根まで行った。屋根瓦を外して、天井裏にもぐり込んだ。狭く、暗く、何も見えない。辺りには山土のにおいが立ち込めている。

ヘッドランプをつけると、傾いた天井裏が数メートルにわたって見えた。

「気を付けろよ。家の半分以上が泥と水に浸かっている。救助者は奥の部屋だろう」

外から長岡の声がかすかに聞こえてくる。中村は傾いた天井裏を奥に向かって這い始めた。

「誰かいませんか。いたら、返事をしてください」

声を上げながら進んでいく。

「ここにいます。誰か助けてください」

小さな声が聞こえた。

持ってきたピック付きバールで天井板を外す。下を覗くとおそらくリビングだろう、ソファーとテレビの一部が泥から覗いている。人の姿は見えない。

ゆっくりとヘッドランプの光を当てていった。壁際に白っぽいものが見えた。子供の顔だ。光芒の中の顔は怯えで固まっている。

「動くなよ。泥の中に入ったら動けなくなるぞ」

中村は天井裏を這って、子供がいた上の辺りに移動した。慎重に天井板を外して、真下を見る。子供が見上げていた。

中村は腕を伸ばして小さな身体を引き寄せた。その手が中村の身体に触れると、しがみ付いてきた。小刻みな震えが伝わってくる。身体が冷え切っているのだろう。

「すぐに助け出してやるからな」

しかし、言葉通りにはいかなかった。突然、家が揺れ始めた。さらなる土砂崩れが起こったらしい。

「大丈夫か」

外から怒鳴り声が聞こえる。中村は大声を張り上げた。

「子供を一人確保しています。外の状態はどうですか。家がかなり移動したようです」

「撤退命令が出た。二次災害を防ぐためだ。雨が降り始めて、土砂崩れの危険が高まった。いつまた起こるか分からない。五十メートル後退して、様子を見る」

その間にも家が動いているのが分かる。

「了解しました。このまま待機します。こっちは大丈夫です。今、下手《へた》に動いて家が潰れでもしたら完全に埋まります」

「明るくなればなんとかなると思う」

それっきり、外は静かになった。部隊は後退したのだ。

辺りは静まり返り、時折り家全体が震えるように揺れた。大地が動いている感じが伝わってくるようだった。

「名前はなんというんだ」

「山口純一です」

震えた声が返ってくる。ヘッドライトを当てて見ると、ジャンパーを着ているが、下はパジャマ姿だ。寝ていたところを、着替える間もなく逃げ出したのだろう。中村は上着を脱いで純一を包んだ。

落ち着いて辺りの様子を調べた。

一階の部屋の半分以上が泥水に浸かっている。山側の窓を突き破って土砂が流れ込んできたらしい。

「この家にはお婆さんがいると聞いたぞ」

純一は部屋を埋める泥の方に目をやった。この下にいるということなのだろう。

「僕が外に出ると、家がぐらぐらしてて、お母さんの顔が窓から見えたから。中に入って――」

「助けようとしたんだ」

雨音が激しくなっている。家の軋《きし》みが泣き声のように聞こえる。

「まだ夜明け前だ。子供は寝た方がいいんだけど、こんな状態で寝ろとは言えないな。山のビバークと同じだとしたら、寝ない方がいいぞ。寒さで身体が冷えて、死んでしまうんだ」

中村は純一の顔を覗き込んだ。ヘッドランプの明かりでははっきりは見えないが、泥だらけの顔は青ざめている。こういうときはどうすればいいか、中村は必死で考えた。訓練で習ったことを思い出そうとしたが、どの状況も当てはまらない。一番の違いは救出すべき相手が少年だということだ。

「純一くんはいくつだ」

「九歳です。小学四年です」

小さいがはっきりした声が返ってくる。

「腹、減ってないか。でもお兄ちゃんも何も持ってないんだ」

ポケットには何も入っていない。災害派遣で、飴をなめながら作業をしていたと、非難の的になったことがある。徹夜の作業には糖分は必要だが、以後携帯は許されていない。

「これなめてもいいですか」

純一がポケットから、飴を出した。

「早く言えよ。もちろん、大丈夫だ。落とすなよ」

中村はライトをつけて飴を照らした。

純一がもう一つ差し出した。

「いくつ持ってる」

「三つです。ジャンパーのポケットに入っていました」

「だったら、取っておけよ。お兄さんは大丈夫。二、三日は何も食べなくても動ける」

純一はしばらく考えていたか、一つを口に入れて二個をポケットに戻した。

「家族はどうした」

聞いてからマズかったかと思った。

「僕が外に出たとき、まだ家の中に残ってました。妹がいたので。そのとき、ゴーッという音がして――」

それっきり黙り込んだ。中村の脳裏を中学二年時の交通事故がよぎった。思わず純一の身体を抱きしめる。そのとき、雨音に混じって声が聞こえた。

「中村、大丈夫か。土砂くずれが落ち着いている。これから作業を始める」

長岡一等陸曹の声だ。

屋根に開けた穴の付近が明るくなっている。投光器の光が集中しているのだろう。中村は純一を抱えるようにして、傾いている天井裏を明かりの方に這って進んだ。

穴から顔を出すと、光が中村の顔を闇に浮かび上がらせる。中村は純一の身体を押し出した。待ち構えていた隊員たちが純一の腕をつかみ、屋根の上に引き上げた。

毛布で包まれた純一の身体を自衛隊員が抱きかかえ、救急車の方に連れて行く。

純一の両親と妹が家の中で遺体で見つかったと聞いたのは翌日だった。

撤収する日の午前中、中村は病院の純一を見舞った。これは規則違反だが、純一の今後を考えると、そのまま隊舎に帰ることができなかった。それに、どうしても渡さなければならないものがあった。

純一はベッドで天井を見つめていた。その顔を中村は覗き込んだ。

「覚えてるか」

「忘れるわけないでしょ。僕を助け出してくれた自衛隊のお兄ちゃんだ」

そのとき、純一がかすかに笑顔を見せた気がした。

「今日、東京の隊舎に撤収する。家に帰るってことだけど」

「ありがとう。もう、会えないんだよね」

起き上がろうとする純一の肩を中村は押さえた。

「これを渡したくてな。男の子は純一くんだろ」

中村はポケットから写真を出した。純一の家の残骸から見つけた。慎重に水洗いしたが、こすれて破れかけていた。純一と女の子の両側に両親が立っている。正月にでも撮ったのか。

純一は無言で写真を見ている。

「純一くん、元気でな」

「お兄さん、なんていうの」

「一等陸士の中村真一。同じ一の字が付いてる、山口純一くん」

「ジュン、でいいよ。ママもパパもそう呼んでた」

別れるとき、純一は泥まみれのジャンパーのポケットから飴を二個取り出した。一個を自分が取り、もう一つを中村に差し出した――。

以来、純一には会っていないが、半年後に駐屯地に手紙が届いた。いっとうりくし、なかむらしんいちさま――丁寧な平仮名で書いてあった。

それから月に一度、部隊あてに手紙が来るようになった。


気が付くと雨は上がっていた。何事もなかったように町は賑わっている。

スマホが震え始めた。画面には青田市と出ている。しばらく画面を見ていたが、そのままポケットにしまった。

中村は同窓会に出ることなく、練馬の隊舎に戻った。

第二章　流れゆく時

1

心が萎える――その言葉が恵美の脳裏にふっと浮かんだ。今の状態がそうかもしれない。

今朝、会社に出ると、すでにミーティングが始まっていた。恵美はあわてて席に着いたが、会議はそのまま続いた。高柳も同僚たちも恵美の方に視線を向けなかった。

〈始まったばかりです。私も昨夜、メールが入りました〉

隣の後輩がホワイトボードに目を向けたまま、資料の端に書いて見せた。

昨日の夜、メールは確かに入ってはいたが、ミーティング開始は一時間後のはずだ。以降のメールは確認していない。スマホは今朝電池切れだった。

昨日は病院の椅子に腰かけたまま、寝るというよりは断続的に意識がなくなっていた。深夜に実家に帰り、泊まった。今朝、病院に顔を出すと、良枝はまだ眠っていた。恵美はその足で会社に向かった。

目で後輩に礼を伝えて、ホワイトボードに集中しようとしたが無理な話だった。

ミーティングが終わっても、居心地はずっと悪かった。高柳が自分を避けているように感じた。それも、わざとらしく。

恵美は今後のことを思い巡らす。

立つ鳥、後を濁さず――気に入っている諺《ことわざ》だ。自分もそうするつもりだった。仕事の引き継ぎには最低半月は必要になる。ただ、それも会社にとっては迷惑な話だろう。

退職を告げた段階で、社員ではなくなるようなものだ。会社のプロジェクトの多くには守秘義務がある。機密情報にはもう触れられない。

会社を辞めるのが決まっている人間は、他の社員にとっては迷惑な存在だ。社内ですれ違うだけでも気を遣う。かつての自分がそうだったように。

できるだけ早急に、しかも会社と揉めない辞め方。外国のニュースで覚えている映像がある。解雇を言い渡された社員が即刻私物をまとめた段ボール箱を抱え、ビルから出てくる姿だ。日本では解雇という言葉はタブーだが、「自主退職」に名を変えた例は多い。

「私、会社を辞めようと思ってる」

その夜、恵美は田久保に言った。

元から自分のこと以外には無関心な人だが、大した反応はない。ひどく軽く扱われたという感じがした。

「なにかあったのか」

「なにもないわよ」

恵美の強い口調に、田久保があわてたように視線を外した。

「お義母《かあ》さんのことだったら――」

「色々考えるのがいやになったの」

「確かに大変なことだと思う。施設を探すという選択肢はないのか」

「前から考えていたことだし、これ以上の一人暮らしには無理があると思う」

言っていることの半分は本音だが、本当のところは恵美自身にもよく分からなかった。会社のせいだとは思いたくない。あくまで自分の意思だ。

「かなり、ひどくなっているのか。認知症の方だけど」

田久保が遠慮がちに聞いてくる。

「これ以上ひどくならないために、多摩の実家で一緒に住もうと決めたのよ」

考えてもいなかった言葉が出てきた。

もう一年も前から、恵美の本棚には認知症の本が並び始めた。その中の一冊を田久保が手にしていたのを恵美は知っている。母親の存在が、自分の唯一のウィークポイントだと思い始めていた時期だ。そう思ってしまうことも恵美の心を傷つけていた。

「あなたはここにいてもいいわよ。一緒に来てなんて言えない」

思わず口にしたが、田久保は考え込んでいる。

「私が会社を辞めても、しばらくなら生活できるでしょ。私の貯金だって少しはあるし」

「そういう問題でもないだろ」

「今までも、すれ違いが多かったし……。私のわがままなんだから」

「マンションは買わなくてよかったな」

田久保がぼそりと言った。

半年ほど前から、自宅近くに建つタワーマンションを購入しようという話があった。安くはないが、二人の収入を合わせれば買えない値段ではなかった。

三人でモデルルームの見学会にも行った。いつも二人と距離を置いていた剛志が珍しく素直だった。

恵美も妙に心が弾んで、案内してくれた不動産屋の社員にいくつも質問した。書斎がほしいと田久保も想像を巡らせていた。あのときは、近くにできる別のマンションも見学してから決めようと三人の意見が一致した。

しかし、いざその時期が来ると、恵美も田久保も時間が取れず、見学会には行けなかった。そうこうするうちにすべて売り切れていた。

「次の休みに、剛志を連れて多摩にお義母さんのお見舞いに行こう」

田久保が重い空気を振り払うように言った。

2

「今年の夏は記録にない猛暑。台風は例年より数が多く、規模も大型になる模様。太平洋の海水温が異常に高い。それも局所的に。ひどい年になりそうだ。完全に異常気象だな」

田久保はパソコンの画面を見ながら呟いた。今年の春から秋にかけての長期予報の結論だった。

「なんだか、毎年、同じようなことを言ってるな」

都築が覗き込んでくる。

「仕方がないだろ。シミュレーション結果だ。僕の個人的な意見じゃない」

「地球温暖化が進んでいるということかな」

「それはきみの方が詳しいだろう」

都築は地球温暖化の専門家で、世界的にも認められている。専門誌にいくつかの論文も発表して、大学で講義をしている。

「僕らが声高に叫んでも、対策が伴わなきゃ、何の意味もないんだけどね」

相変わらずのんびりした声が返ってくる。

「この予報と災害被害を重ねるということはできないのかね」

「政府に言わせればとっくにやってる、という回答だった。ただ、それが生かされてるかどうかは疑問だけど」

確かに田久保たちは自分たちが研究して導き出した結果を公表するだけだ。結果を受けた対応に関しては、積極的に働きかけたことはない。互いに役割分担を守っているということか。

「土木研究所のきみの友人に会いに行ってもいいか」

「先方にも連絡してる。いつでもいいと言ってたよ」

都築は意味不明な笑みを浮かべた。

翌日、田久保は茨城県つくば市に向かった。国立研究開発法人土木研究所の川端明彦に会うためだ。

川端は土砂災害を引き起こす地盤を研究している。

都築の言う通り、川端は変わった男だった。田久保をじろりと見て、前の椅子を目で指した。

「ご両親はお気の毒なことだった。ただ地盤に罪はない。水を含むと脆くなる。それが特性なのだ。そういう場所に宅地造成の許可を出す自治体が悪い」

田久保が座ると一気にしゃべった。事情は都築から聞いているのだろう。

「それは十分に分かっています。僕が来たのは――」

田久保は、今年は太平洋の海水温が異常に高く、大型台風が多数発生する可能性が高いことを伝えた。「今年の台風は特に大雨を伴うと考えられます。本格的な台風シーズンに入る前に、土砂災害と地盤、建物との関係を広く世間にアピールしておくべきだと思いまして」

「我々は日本中に分布する『真砂土』の危険性については発表している。それに留意して対応策を取るか、取らないかは国民の責任だ。いや、国かな。すでに我々の領域を出ている。我々は広報マンじゃなくて科学者なんだ」

川端の口調は淡々としていた。真砂土は花崗岩が風化してできた、粗い砂状の粒子が堆積した土のことだ。地盤工学上は「マサ土」「まさ土」と表記される。

日本国内では関西以西の山に多く、雨が少なく温暖な瀬戸内海区域の地表に近い層で広く見られる。この地帯の多くは土砂災害対策として砂防指定地や保安林指定地となっている。

「広島の土砂災害は日本の土砂災害の典型的なものです。土砂災害はもともと危険な地盤が水分を限界量以上含んで、崩れ落ちるということです。あんな危険地帯を宅地開発して、人が住むこと自体、問題があるということなんですが、それを言い出したら日本には住む場所が極端に少なくなる。そのあたりの折り合いが重要なんですがね」

「気象学の立場から言えば、今後ますます異常気象になっていくと考えられます。このような災害も続きます。なにか、手立てはないものでしょうか」

「当研究所では全国の危険地域を発表している。あとは行政の仕事だよ。危険地域の宅地造成は厳しく規制する。すでに人が住んでいる地域では、避難についての知識を徹底して広報する。住民の意識次第だと思う」

川端はパソコンのモニターに目を向けたまま、事務的に話した。

「広島の地盤崩壊地区は昔から、危険な地域だと言われていた。本来、人が住む場所じゃないところだ」

住んでいる者が悪いという言い方だった。

「あなたは気象庁に勤めていながら何もできなかった。そのことにやましさを感じて悩んでいると都築くんから聞いている。そんなの思い違いだよ。どの段階で土砂災害が起こるかなんて、誰にも分かりゃしない」

川端は田久保に向き直った。表情がいくぶん違って見えた。

「でもね。まったく責任がないとは言えない。私らは税金を使って、仕事をしてる。国民は私らの言葉を信じて行動する。より早く、正確な情報提供、さらには危険除去の対策の提示が必要だ」

強い口調で言い切った。

一時間ほど話して田久保は研究所を後にした。

「地盤なんて生き物と同じなんだ。時とともに変わっていく。ただ、我々が考えている生物とは時間スケールが違っているだけ。百年、千年、万年、あるいはそれ以上。外部や内部の影響を受けながら変化していく。それが近年、人間の都合による外力で強制的に環境が変わっている。植林、伐採、宅地造成、それに温暖化なんかもね。地盤は急速に変容していく」

別れ際の川端の言葉が、田久保の脳裏に残っている。

3

「昨日、長岡さんに呼ばれて将来について聞かれた」

消灯時間になり隊舎の灯りが消えた後、中村の耳に青山の声が聞こえてきた。

彼は中村と同期で同室の陸士長だ。専門学校を一年で中退して入隊しており、中村より一歳年上になる。初めて会ったときは茶髪を五分刈りにしたのがはっきりと分かり、眉毛もまだ半分しか生えそろっていなかった。耳たぶには片方だけで、ピアスの穴が三つ開いていた。動作が遅く、何かと要領の悪い中村を入隊時から助けてくれた。出来の悪い弟とでも思っているようだ。

「なんて答えたんですか」

「まだ決めてないって」

「自衛隊は辞めるんでしょ」

「中村、おまえ今後はどうするんだ」

中村の問いには答えず、青山が聞いてくる。中村は何と言っていいか分からなかった。考えたことはあるが、途中で面倒くさくなってやめてしまう。まだ決めたくないという意識もある。

自衛官候補生として入隊した場合、二年の任期がすぎた後は、二年ごとに任期を更新していく。普通は三任期六年くらいが限度とされている。高卒十八歳で入隊した場合は、二十四歳になっている。以降も自衛隊に残りたければ、選抜試験を受けて陸士長から三等陸曹に昇進しなくてはならない。

昔は簡単な試験だったらしいが、最近はかなり難しい。自衛隊の仕事自体が、昔と違って最新のICT技術（情報通信技術）を駆使したものに変わってきているからだ。さらに、部下を指導する立場になるには、様々な知識も必要となる。何度も挑戦したが受からないまま自衛隊を去っていく者もいる。そのため、多くは特例退職手当がもらえる任期満了時を待って、民間企業へと転職する。

「僕はこのまま自衛隊にいてもいいと思ってます」

何となく口にした。他に選択肢は考えつかない。

「俺は嫌だね。大型の運転免許も取ったし、ブルやパワーショベルの資格も取った。大手の建設会社に就職できればいいと思ってる。父ちゃんも、自衛隊出身者は重宝がられるから、企業に就職した方がいいって言ってる。給料もずっといいし、第一自由だぜ。久美ちゃん、自衛隊は好きじゃなさそうだし」

久美ちゃんとは青山のガールフレンドだ。二つ年上で、アパレルメーカーの事務員をしている。休暇で外出するごとに彼女のアパートに泊まっていると公言して、写真も見せられた。化粧気のない丸顔のぽっちゃりした女の子だ。青山のイメージからはほど遠く、驚いた。ほぼ毎晩、スマホで一時間近く話している。スマホの待ち受け画面は彼女の画像だ。

「来週あたり、おまえも将来の希望を聞かれるぜ。叔父さんは何て言ってるんだ」

「僕の好きにしろって」

中村はウソをついた。叔父は自衛隊に残れと、強く言ってきている。安定した職場だし、このままいれば給料が上がるからと諭された。自衛隊員の給与体系について、叔父は中村本人より詳しい。賞与が出た翌日には必ず電話してくる。

「今度、俺の家に遊びに来ないか。久美子も紹介するし。父ちゃんも母ちゃんも、一度おまえに会いたいって。よく宿直を代わってもらって、世話になってると話してる。礼を言いたいんじゃないの。俺の友達でおまえみたいなの初めてなんだ。高校時代の仲間の半分は少年院だし、暴力団に入ったのもいる。妹もおまえに会いたがってるし」

「遊びにならいってもいいですね」

「はっきりしろよ。仕事も探してやるよ」

一緒に除隊しようと誘われたことは何度かある。

「僕は別にやりたいこともないし、ここにいると気楽ですし」

本音だった。叔父さんの家より何十倍もいい。ここでは邪魔者扱いされることはない。自分には家族は必要ないと言い聞かせている。

「おまえ、子供と文通してるんだって」

青山が唐突に切り出した。

「子供って――」

「小学生か中学生なんだろ。毎月手紙が来てるって評判になってる。おまえ、女の子と付き合ったことないんだろ。絶対、女の方がいいって」

「そういうんじゃないんです。災害派遣で知り合った小学生、今は中学一年生です」

「住所、教えたんだろ。問題だぞ」

「階級と名前だけです」

「その中学生って、広島の土砂災害でおまえが助け出した子か」

「両親と妹は亡くなってしまったんです」

青山が黙った。彼は中村の家族のことも知っているのだ。

「お祖母さんの家に引き取られました。広島から東京に。子供にはきついですね」

「ひどい土砂災害だった。一瞬のうちに孤児を作るんだ」

中村と同じ境遇だ。しまったという顔をしてから、青山は続けた。「その中学生、どこに住んでるんだ」

「多摩市って書いてありました。ここから、そんなに遠くない」

「いずれにしても、やめた方がいいぜ。自衛隊なんてマスコミばかり気にして、色々うるさいところだから。今度、合コンしよう。久美ちゃんに友達連れてくるように頼んでおくよ」

それっきり静かになり、すぐにいびきが聞こえてきた。

中村はしばらくの間、眠れなかった。千葉の叔父の家での生活や、純一の手紙が脳裏に浮かんでくる。


翌日、訓練が終わった後、中村は長岡一等陸曹に呼ばれた。

長岡は身長は中村とあまり変わらないが、がっちりした体格で群馬出身の朴訥な男だ。三十五歳、二人の子供がいて、駐屯地の近くに住んでいる。

書類を読んでいた長岡が顔を上げた。

「おまえも、あと一年で入隊六年、自衛官の任期が終わる。そろそろ将来の進路を決めなきゃならん。そういうことは考えたことがあるか」

任期満了が迫ってきた若い自衛官には小隊長から、陸曹への選抜試験を受けるか、任期満了前に転職先を見つけておくようアドバイスされる。再就職先の決まっていない部下を、多くの中隊長は除隊させたくない。仕事も決まらず外の世界に出ると、ロクなことがない。問題を起こされたくない、というのが本音だろう。何か事件を起こすと、マスコミには元自衛官と必ず書かれる。

自衛隊には、退職希望の自衛官のために無料職業紹介所や就職援護センターがある。履歴書の書き方から面接対策まで指導し、合同会社説明会を開催したりする。

工事現場や運搬ドライバー、警備、介護といった求人が多い。それ以外の仕事を希望するなら、各自で就職活動をする必要がある。

「考えたことはありますが、まだ実感が湧きません」

「おまえいくつになる」

「二十二歳です」

「なったばかりだったな。武士の時代なら、とっくに元服している歳だ」

中村は無言だった。

数人いる高校時代の友達のメールによると、結婚して子供ができた者もいる。自分はといえば、帰る家もないし、私物は隊舎のロッカーに入っているモノだけだ。最近になってアパートを借りたがテレビと布団しかなく、自分の家という実感はない。父親の家があったが、どうなったか知らない。祖母や叔父がその話をしてくれたことはなかった。

「千葉の叔父さんの家に帰って、仕事を見つけるか」

「まだ考えていません。それに――」

そこは自分の家ではないと言いたかったのだが、言葉が出てこない。

「自衛隊に残るにせよ、出るにせよ、おまえならやっていける。真面目だし、頑張り屋だ。少々消極的だがな」

中村は反論したいが、言葉にできない自分がもどかしかった。行くところがないから自衛隊に残る、というのも納得いかない。

「いずれにしろ、今後の身の振り方については考えておくように」

部屋を出ようとした中村を、長岡が呼び止める。

「今度の土曜日、うちに飯を食いに来ないか」

「申し訳ありません。予定が入っています」

「分かった。時間があるとき言ってくれ。子供が小さいから、大したことはできないが」

中村は振り返って姿勢を正し、敬礼をしてから部屋を出た。

嘘を言ったことを後悔した。土日はアパートで寝てるだけだ。

4

恵美は深く息を吸った。

高柳に退職届を出して、会社を出た。残っていた有給休暇二十日間を消化するが、もう出社する気はない。

負け犬――まさにその通りだった。役職が上だった場合、特にそうだ。

サイバーアドの社員の平均年齢は三十二歳。現場はさらに若く二十代後半だ。半数以上が恵美の元部下に当たる。

会社前の階段の途中で立ち止まり振り返った。

春の光の中に高層のインテリジェントビルが眩しく輝いている。その上半分がサイバーアドのオフィスだ。自分がいた部署は……。ビルに沿って視線を走らせた。

恵美は思わず目を凝らした。視線を感じる。高柳だ。

身体の輪郭しか分からないが、確かに高柳が窓際に立って恵美を見ていた。恵美が気づいていると分かっても、身を隠そうとはしない。しばらくしてから、恵美は再び階段を下り始めた。

あれは一年前だ。剛志が中学受験に落ち、田久保は次々と発生する春の台風に追われ、気象庁に泊まり込む日が続いていた。仕事は順調だが、なぜか満たされないものがあった。

誘われるままに食事をともにし、何度目かの後、ホテルに行った。

千里の堤も蟻《あり》の穴から——田久保が口にした言葉だ。

堤防にできた、蟻が通るほどの小さな穴でも放っておけば大きくなり、ついには大きな堤防を崩してしまう。ちょっとした油断や不注意から、大惨事を招くことがあるという教訓だ。

高柳とは、ただの上司と部下の関係ではない。すべてが結びついた強力な関係。そのおごり、いや甘えがあったのか。高柳が自分を利用しただけなのか。思いは複雑だが、今はすべてを振り捨てて自分の道を歩むと決心している。それが多摩の実家に帰るというのは少し寂しい話ではある。

ただ母親を見ていると、なぜかもう時間がないという思いに駆られたのだ。追い詰められた結果だとは思いたくないが。

恵美はそのまま多摩市民病院に向かった。

部屋に入ると、ベッドの良枝が顔を上げた。

「お母さん、やっと目が覚めたんだ。心配したんだから」

なるべく明るく言ったが、涙が出そうになった。思ってもいなかったことで、自分でも驚いた。

良枝は恵美を見つめたままだ。

「どうしたの。私の顔に何かついてる？」

「どちらさんですか」

か細い声が返ってきた。

「何言ってるのよ。私よ、お母さんの娘の恵美――」

「私は知りませんよ。娘は横浜に出て帰ってきませんよ。もう、十年以上になりますが」

「いやだ。先週だって来て、何時間も横にいたのよ」

良枝はぼんやりした目で恵美を見つめている。

看護師が入ってきた。

「お話をされるのは、お母さんが気付かれてから初めてでしたよね」

「ちょっと、おかしくはないですか」

「気が付かれたときも、なぜ自分がここにいるのか分かりませんでした。足を見て、これ、どういうことなのって、聞いてきました」

「記憶が飛んでるんですか。事故当時の」

「頭も打ちましたから。でもそのうち記憶も取り戻しますよ」

看護師は体温、血圧などをはかると出ていった。

良枝の認知症が進んだのは確かだ。恵美は不安を振り払うように語りかけた。

「お母さん、私、仕事辞めてきちゃった。話せば長くなるんだけどね」

良枝は話は聞いているが、理解はしていないようだ。視線をぼんやりと漂わせている。

「多摩に戻ろうかと考えてる。お母さんはどう思う」

「私に聞かれてもね。あなたのお母さんかご家族に、相談してみたらどうなの」

「だからお母さんに聞いてるんじゃない」

恵美はベッドに近付き、良枝の顔を覗き込んだ。見返してくるが、瞳に意思は感じられない。

単なる物忘れであれば、年を取るにつれてひどくなるのは仕方がありません。しかし、認知症による物忘れは、加齢によるものとは質が異なります――。

去年、良枝を連れて行った大学病院の医師の言葉を恵美は思い出した。

知人と会う約束をしていたのに、その日になって忘れるのはあることだが、約束自体を忘れるのは認知症の初期症状らしい。忘れたことそのものを認識できなくなっているという。

話のつじつまが合わなくなったり、同じことを何度も聞くのも認知症の初期症状で、その段階であれば投薬治療で症状の進行をゆるやかにすることが可能だ。ただし、その効果は薄く、あまり期待はできない。

説明する医師の表情まで恵美は覚えている。甘くはない、覚悟しなさいと告げられているようだった。

何かのきっかけで、認知症は急激に進むと聞いている。環境の変化が患者の心を不安定にさせるとも本には書いてあった。典型的な例が入院だ。

早く母を退院させよう。恵美の頭には、それしかなかった。

その日の夜、恵美は剛志に声をかけた。

「日曜日に多摩のお祖母ちゃんをお見舞いに行かない？　ずいぶん会ってないでしょ」

「僕は用がある。父さんと二人で行ってくれば」

剛志が即座に答える。目はテレビに向けたままだ。殴りつけたい衝動に駆られるが、恵美は我慢した。恵美の気持ちを少しでも察してくれればいいのに。

5

放課後、剛志は担任の山本に呼ばれた。彼は数学の教師で一年のときからの持ち上がりだ。熱心でいい先生だと、母親が言っていた。三十二歳で、生徒からも保護者からも人気はあったが、剛志には口うるさい大人の一人だ。

「最近、成績が下がってる。何かあったのか」

山本がファイルから剛志に視線を移した。

「勉強がすべてではないが、おまえなら、学年一番も十分に狙えると思ったんだ。最初の中間試験の成績は二番だった。数学は一番、満点だった。部活動もやってないんだろ。もっと勉強に力を入れれば――」

「勉強して、何かいいことありますか」

剛志は唐突に聞いた。山本の表情が変わった。

「そりゃあ、将来のためだろう。再来年は高校入試がある。上位校に入っていないと、いい大学には入れない。両親とそういう話はしないのか」

「二人とも忙しすぎて、ほとんど家にはいません」

「お父さんは公務員、お母さんも東京の会社で働いてるんだったな。一年の最初の面談で、お母さんに学校のレベルについて聞かれた。高校入試についても色々考えている様子だった。子供の教育には、しっかりした考えを持っている人だと思ったぞ」

剛志は答えなかった。確かにその通りだ。家には何でもそろっている。小学生になったときには百科事典を買ってもらった。パソコンは小学二年生のとき、誕生日にもらった。しかし、勉強について最近は話していない。

「中学受験は残念だったが、昔のことだ。公立中学で頑張って、いい高校、いい大学を目指せば問題ない」

すでに何十回も聞かされた言葉だが、聞き流してきた。それが慰めになっていると、本気で思っているのか。


剛志が校門を出たとき、数人の同級生が寄ってきた。

いちばんの長身が青木優司、グループのボスだ。背後に三人いるが、全員が剛志より十センチ以上背が高い。

優司がニヤニヤ笑いながら近寄ってきた。

「山本に呼ばれたんだろ。この前のコンビニの話か」

「違う、成績の話だ」

「おまえ、警察に突き出されたんだって。ドジだ。俺たちの名前は出さなかっただろうな」

剛志が黙っていると、背後の一人が前に出てきた。

「この野郎、何とか言えよ。ぶっ飛ばすぞ」

「誰の名前も言ってない。安心しろよ」

精一杯の虚勢を張った。

「コンビニの野郎、なんで学校に言わなかったんだ。俺なんて親が学校に呼ばれて、さんざん絞られたぞ。今度やったら少年院だって。おまえ、なにやったんだ」

「警察が、取ったのはアンパン一つだからだろって。でも今度やったら学校に報告だって」

「おまえ、バカだな。本当にアンパン一つか」

剛志はポケットから、シャープペンシルを出して見せた。ゴミ箱に捨てたが、思い直して拾ったものだ。

「やっぱ、頭いいな。アンパンは捕まったとき用で、本命はこれか。もらうぜ」

優司はすでにポケットに入れている。「おまえ、見かけより根性あるな。今度また、一緒にやろうぜ」

優司は剛志の肩を叩き、行ってしまった。

剛志は家に帰ると、缶コーラを持って部屋に入った。

少年犯罪についてネットで調べたことがある。万引きであっても父親の言う通り、犯罪であることは間違いない。

悪質であれば警察に捕まり、少年審判にかけられ、少年院に送られることもある、と書いてあった。悪質とはどういう意味だ。大量に盗んだり、高価な物であればそうなのか。そんなことを考えていると、眠れなくなることもあった。

剛志は交番で父親を待っているときのことを思い出した。どうにでもなれと思う半面、どうしようもなく不安でもあった。

両親はウザい。いなくなればいいと思うこともある。だが、自分が警察に捕まって何かが起こることが怖かった。父親の仕事に差し支えないか。クビになったら生活はどうなる。母親は一日中泣いているかもしれない。今の状況は壊したくない。様々なことが脳裏を流れた。ふと、昨夜の母親の言葉が浮かんだ。

――ねえ、剛志、お祖母ちゃんの多摩のうち、住みたいとは思わない？

こういう言い方をするときは、すでに決定している。

四年前も同じだった。三年生の冬休みに入った日、夕食の後、改まった顔の母親と父親がいた。

――中学受験、やってみない？

何かあるなと思ったとき、母親が切り出した。

――お母さんも明星女子学園を受験したのよ。受験はけっこう大変だったけど、受かってしまえば楽しかった。すぐに友達もできたし。みんな勉強がよくできたし、優秀な先生がたくさんいて、授業も分かりやすかった。すごく楽しくて充実した学校生活だったのよ。

――みんなと一緒の中学じゃダメなの。

――上の階の山田さんも中学受験するって聞いたわよ。このマンションの子はほとんどが受験して、私立の中高一貫校に行ってる。剛志の友達も大勢が受けると思う。

――誰も、何も言わないよ。

――四年生になれば分かる。みんないっせいに塾に行き始めるから。もう行ってる子も大勢いるんじゃないの。中学受験のために。

確かに母親が言った通りだったが、結果だけは違っていた。剛志は第一志望、第二志望の中学に落ち、近くの公立中学に通うことになった。

「なんで、多摩なんかに行かなきゃならないんだ」

剛志は呟いて、持っていたマンガ本を壁にぶつけた。突然、自分でも抑えようのない怒りがこみ上げてきたのだ。

小学四年になって塾に通い始める前には、春、夏、冬の長期休暇のたびに多摩市の祖母の家に一人で泊まりに行った。両親は忙しく、剛志は普段学校が終わると学童保育に通っていた。休みの間、祖母の家に行くことは都合が良かったのだ。祖母の家の近所に同じくらいの年の子供もいて、すぐに一緒に遊ぶようになった。

塾に行き始めてからは、春、夏、冬の長期休暇には塾の講習会があって、勉強漬けの日々だった。塾で友達もでき、成績が上がっていくのも嬉しくて、それなりに楽しい時間をすごした。しかし、受験に落ちてから、両親の塾に対する態度は変わっている。特に母親はいら立っているときは露骨に嫌味を言った。

――剛志にはお金がかかってるんだからね。

そんなとき、剛志は黙って部屋にこもることにしている。

「多摩になんか行くもんか。僕一人でも横浜に残る」

自分の決意を確かめるように口に出した。

翌日の夕食のとき、今度は父親が言った。

「日曜日、父さんと母さんは新宿で買い物する。剛志も行かないか。スニーカーがほしいと言ってただろ」

「行ってもいい」

剛志は答えた。スニーカーのことは忘れていた。何かの拍子に言ったのかもしれないし、買ってくれるのならそれでいい。どうせ、ついでに多摩に行こうと言い出すに決まってる。そのときは、一人で横浜に帰ってくればいい。ただ昨夜祖母のことを思い出したせいか、会いたいという気持ちも生まれていた。もう一年以上会っていない。

最後に会ったのは中学受験の二週間前だ。塾通いのため、しばらく会っていなかった剛志に、合格祈願のお守りを持ってきた。あのお守りは、両方の私立が不合格と決まった日に捨ててしまった。

6

つくば市の国立研究開発法人土木研究所に行った翌週だった。都築が田久保の机に来て、椅子を引き寄せて座った。

「川端から電話があった。田久保というのは、おかしな奴だって。あいつこそ、普通じゃなかっただろ」

川端と会って帰った翌日には、関東地方に強風注意報を出した。強風被害が相次ぎ、気象庁にも問い合わせの電話が絶え間なく続き、落ち着いて話せる時間がなかった。

「僕はそうは思わなかった。優秀な人で、色々と教えてもらった。最新の地盤実験装置も見せてもらった。地盤研究は進んでいるのに、なぜこんなに頻繁に土砂災害が起こるんだ」

「行政の問題だろう。それに、やはり国民性なのかな。自分だけは特別だって思ってしまう。自分は絶対に交通事故に遭わない。火事なんて起こらない。泥棒になんて入られない。色んなことに、自分だけは大丈夫と思ってしまう。災害に遭うのも運が悪いと思ってるんだ。農耕民族のせいなのかね。だから、今あるものには金を使いたくない。家の耐震化や土壌の改良が進まないのはそのせいだろ。のんびりしすぎてるんだ」

「国土の問題もあると思う。平地が少ないんだ。そのために山裾ギリギリまで宅地開発している。

これは危険だ」

田久保は川端に見せられた地盤の危険度を示す地図を思い浮かべた。関東近辺もかなりの数の赤印があった。

「できてしまったものは仕方がない。今さら、立ち退きを迫るわけにはいかないだろ。地盤改良には金も時間もかかるし」

「厳密に調査して不備が出ると、補償問題に発展しかねない。新しい住宅地を探して家を建て替えなきゃならないんだから。それで、政府は地盤問題には大っぴらに触れたくないのかな」

「科学技術というのは日々進んでいる。今まで問題なかったものが、欠陥商品だってこともあるだろ。宅地開発して、後で危険だと分かった場合、売った側にも非を認めて是正していくだけの良心はほしいね。マスコミや国民も大騒ぎするだけじゃなく、受け入れる寛容さもほしい」

「川端さんも同じようなこと言ってたな。これから再調査が始まると、今まで陰に隠れていた危険性が色々出てくるだろうって」

「日本列島は満身創痍《まんしんそうい》ってわけか。地球は長い時間をかけて、新陳代謝を繰り返してる。今まで人間の都合だけでやってきたんだから、いろんな不都合や歪みが出てくる」

都築は大きく上半身を伸ばして欠伸《あくび》をすると立ち上がった。

その日の午後、田久保は杉並区の区民会館に出かけた。

「最近の天気予報」という学習会に講師として派遣されたのだ。

田久保は人前で話すのが苦手だったが、講師の仕事は比較的自由に研究させてもらうための条件の一つだった。

平日の午後の時間、三十人ほどが集まっていた。空席はほとんどない。大半が老人で男女半々というところだ。

始まって三十分ほどがすぎたころだった。

「天気予報って当たるのかね」

突然、声が上がった。最前列の白髪頭の男性が右手を挙げて田久保を見ている。おそらく八十歳をすぎている。唐突な質問に田久保は戸惑った。

「ひと昔前と違って、最近の天気予報は当たります。第一の理由は、観測機器の発達です。昔は温度計、湿度計、気圧計、風速計くらいしか、観測機器がありませんでした。でも、今は最大の武器として気象衛星ひまわりがあります。赤道上空約三万六千キロの宇宙から、地球を包んでいる大気を観測します。日本上空の雲の動きも鮮明に、連続して見ることができて、一目瞭然に天気の移り変わっていく様子を観察できます」

田久保はパワーポイントの画像を変えた。日本上空の雲がゆっくりと東に移動している。

「これは昨日からの日本上空の雲の動きです。東京は曇りのち晴れ。よく分かるでしょう」

さらに時間を進めると、雲が関東を通りすぎていく。九州の左上には新しい雲が現れ、東に移動していく。

「もうひとつは、地域気象観測システム、通称アメダスです。日本国内約千三百ヶ所に無人観測施設が置かれ、降水量、気温、日照時間、風向き、風速が観測され、アメダスセンターに十分ごとに送られてきます。コンピュータの発達も予報の確率を高めています。様々なソフトが開発され、データを入れると、少し未来の天気図を描くことができます。それをデータとして次の未来を予報することが可能です。コンピュータ・シミュレーションです」

専門用語は使うなと都築に言われていたが、やはり難しい。メモを取っている者もいるが、大半は聞き流している。

「俺には下駄を投げて決める方が簡単でいいよ」

部屋に笑いが広がっていく。私もそうする、と雑談が広がり始めた。

田久保はこういう場面に弱く、逃げ出したくなる。きみには冗談が通じない、と都築から言われたことがある。

「天気予報というのは昔ほど難しいものではなく、精度も格段に上がってきています。だから――」

誰も聞いていない。全員が勝手なことを話している。

「質問でーす。いいですか」

大声が響いた。若い女性の声だ。おしゃべりの声が消え、参加者の視線が女性に集中した。

「いいですよ。言ってください」

「明日の天気はどうですか。晴れますか。子供の遠足があるんです。晴れないと困るんです」

部屋中にまた笑い声が広がった。

「大丈夫です。南から高気圧が押し上げてきています。かなり強い高気圧なので、当分天気は崩れません。それに日中は暖かい」

「わあ、良かった。先生、ありがとうございました」

女性は丁寧に頭を下げた。

「もうひとついいですか」

「僕に答えられることなら何でもどうぞ」

「天気予報士って、女性が多いじゃないですか。どうしたらなれるんですか」

「試験に通ることが必要です。でも女性が多いというのは間違いです」

気象予報士試験は気象業務法に基づき気象庁長官の指定を受けて、気象業務支援センターが実施している。年に二回、合格率は五パーセント以下で、一度で合格することは稀なことだ。試験を受けるのはほとんどが二十代から四十代の男性で、女性の合格者は全体の一割ほどしかいないことを説明した。

「試験は学科一般、学科専門、実技とあります。実技で落ちても、学科一般と学科専門が及第点に達していれば、その後一年、二回まで学科試験を免除してもらえます」

「難しそうですね」

「もっと難しいのは、その資格を生かすことです」

田久保は部屋を見渡した。少しだが空気が変わってきている。下を向いて目を閉じていた者も、田久保の方を見ている。

「現在、気象予報士の登録者数は一万人ほどいますが、そのうち報道機関や気象会社に勤めている人は十パーセントほどです。合格しても、仕事にするのは難しいのが実情です。リゾートやダイビングスクールなどのアウトドア系の企業では知識を生かすこともできますが」

「だったら、意味ないんじゃないか。天気なんてわしらには関係ないよ。雨が降ったら家で寝てるだけ。晴れても似たようなもんだけど」

白髪の男性の発言に笑い声が起こった。

「直接仕事にしなくても、自然を見る目が変わりますよ。テレビの天気図を見て自分なりに予想ができます。空を見上げる回数も増えます。雲の形と動きで季節を感じます。四季の天気の移り変わりを科学的に見たり予想するのも楽しいものですよ」

「私でもなれるんですか」

「試験に通ればなれますよ。皆さんもね」

部屋の空気が曇りから晴れに変わった。その後は天気に関する質疑応答が始まった。

一時間半の学習会を無事に終えて、区民会館を出たところで声をかけられた。質問した女性だった。

「さっきは失礼しました。私、出しゃばりじゃありませんでしたか」

「助かりました。本当は、どうしようと思っていたんです。収拾がつかなくなってきて」

自分でも意外なほどスムーズに言葉が出てくる。苦手な仕事を無事に終えた解放感からか。女性は人なつこそうな視線を向けてくる。

「気象予報士の試験について、もっと教えてくれませんか」

誘われるまま、田久保は近くのコーヒーショップに入った。

初対面の女性と二人でお茶を飲む。田久保には初めての経験だ。

一時間ほど気象の話をした。女性は熱心に聞いてくれた。これも田久保にとっては、初めての経験だった。相手は花村志保《はなむらしほ》と名乗り、これから保育園に子供を迎えに行くと言った。田久保は複雑な気持ちで志保の後ろ姿を見送った。


週末、都築が気象防災部予報課の部屋に女性を連れて入ってきた。

「新しくアルバイトで入った花村志保さんだ。こんな男ばかりで地味なところによく来てくれました」

田久保は志保を見て言葉が出なかった。志保も田久保をちらりと見ただけで何も言わない。

「こんな若くて綺麗な人がアルバイトに来てくれるなんて、若手が喜ぶよ」

「私、子持ちの三十二歳なんですよ」

「いやぁ、また驚きだ」

都築がはしゃぎ気味に言った。

志保の採用期間は六ヶ月。文書作成や印刷資料の電子化、会議の補助、電話応対などをする。

昼になって誰もいなくなったとき、志保が田久保のそばに来た。

「先生の話を聞いて、気象予報士に興味を持って、たまたまハローワークでこちらの募集を見つけたんです。家からも近いので、応募したら即日採用されて」

「よろしくお願いします」

コーヒーショップのときとは違い、そう言うのが精一杯だった。

7

恵美は田久保と剛志をうながして家を出た。

剛志は家を出るまでは、行くには行くがイヤイヤ付き合うといったふてくされた顔をしていたが、一歩外に出ると素直についてくる。三人で出かけるのは――剛志の中学受験の前以来だ。

新宿に出て、デパートで剛志がほしがっていた靴を買った。ただのスニーカーだと言っていたが、ブランド品で一万円以上するのに驚いた。

三人でデパートの食堂で早めのランチを食べた。

「お祖母ちゃんのところに行くんでしょ」

食事がすんで、剛志が言う。恵美はホッとした。いつ切り出そうか、ずっと迷っていた。もし拒否されて、一人で家に帰ると言い出されると、また揉めることになる。そうなると、田久保はまったく頼りにならない。

京王線に乗った。多摩市まで一時間ほどだ。

恵美は窓の外に目をやる。大学時代に見慣れた新宿とはまったく違っている。高層ビルは数が増え、より高くなっているのに改めて気づいた。

八幡山をすぎるころから風景が変わってくる。ビルが消え住宅が並ぶ街並み。やがて家々の間に緑が目立ち始める。

「いいところでしょ。昔はよく来たよね」

「昔と言っても三年前だ。小学生だった。中学生になってから初めてだな」

黙っている剛志に代わって田久保が答える。剛志は聞いているのかいないのか、二人を無視してぼんやり風景に視線を向けている。

三人で電車に乗るなんて、確かにひさしぶりだ。恵美はふっと、忘れていたものを思い出したような気がした。

病院は多摩センター駅から歩いて十分ほどのところだ。

「お祖母ちゃんに会ったら、ちゃんと挨拶するのよ。それに、少しくらい分からないことを言ってもしつこく聞き返したり、問い詰めたりしちゃダメよ。笑ったりもね」

恵美は真顔で剛志に言ってから、田久保に視線を移す。

「お義母さん、かなり進んでいるのか」

「私にだって、分からないわよ。医者じゃないんだから。看護師さんに注意されたの」

「時々会いに来てたんじゃないのか。先週も見舞いに来て、実家に泊まってから会社に行ったんだろ」

「私が病院に行ったときは、寝てることが多かった。もっとそばにいてあげたいから、会社を辞めたのよ」

剛志に聞こえるように、半分意図的に言った。いつかは伝えなければならないことだ。

剛志が恵美に視線を向けた。

「母さんは会社を辞めたの」

「そうよ。お祖母ちゃんの面倒を看なきゃならないでしょ。だから剛志も協力してね」

「剛志は母さんが会社を辞めたのいやか」

田久保が聞くと、剛志は黙っている。


良枝は四人部屋の窓際のベッドに寝ていた。

「昨日からここに移ったの。それまでは個室だったんだけど、一日、二万円もするのよ。お母さんの貯金があるんだけど、長くなりそうだから」

恵美は田久保に言い訳するように言った。

「お母さん、起きてたの。ここがどこだか分かるの。私、娘の恵美よ」

恵美はベッドに近付き、良枝の目に自分の顔を映すようにして話しかけた。

「びっくりした。あんたなの」

「そんなに大声出さないでよ。今日は調子がいいのね。私が分かるのね」

「バカにしないでよ。あんたは、いつも私を認知症にしたがるんだから」

良枝から歯切れのいい言葉が返ってくる。田久保と剛志は恵美の背後に立ち、二人のやりとりを見ていた。

良枝が剛志に目を止めた。

「まあ、大きくなったね。もう中学生だったよね。そこの坊ちゃん。名前、何て言ったかな。ずいぶん会ってないものね。お祖母ちゃんは、最近、物忘れがひどくなって」

坊ちゃんと呼ばれた剛志は笑いをこらえている。ここで笑ってはいけないと感じているのだ。

「剛志、挨拶しなさいよ」

恵美に押し出されて良枝の前に行くと、剛志は頭を下げた。

「私、昨日からずっとここにいるのよ。早く、家に帰りたい」

良枝が突然言った。わずかながら顔付きが変わっている。

「昨日からじゃないでしょ。もう一週間よ。足を見てごらんなさい。ギプスで固めた足で一人じゃ暮らせないでしょ」

「どうしたんだろ。こんなになって」

「本当に覚えてないの。自転車に乗ってて、転んだんでしょ。あんなに乗らないでって頼んでたのに。大騒ぎだったんだから。会社にいたら電話があって、私は飛んできた。足が治るまで、しばらく病院暮らししよ」

恵美は良枝に言って聞かせるようにしゃべった。

「車いすがあるでしょう。少し練習すれば何でもできるようになるわ」

「誰が言ったの、そんなこと」

「看護師さん。あんたより、ずっと若くて美人よ。あんな娘がほしかった。私はあんたみたいな人、産んだ覚えはないね」

恵美も田久保も思わず良枝に視線を向けた。気が強い人ではあったが、こんな人を傷つけるようなことは言わなかった。やはりどこかおかしい。

一時間ほど話して、三人は病院を出た。看護師が午後の検査があると、良枝を連れに来たのだ。

「微妙に話が食い違うな。キツいことも平気で言うし。やっぱり、そうなのかな」

病院を出たところで田久保が言った。

「私はあまり感じない。あなたよりも頻繁に会ってるからかしら。剛志はどう思う」

自分でも強がっていることは分かっている。ただやはり全面的には認めたくない。剛志は答えなかった。良枝は剛志の顔は覚えていたが、名前が出てこなかった。

「実家に行ってみるか」

田久保が話題を変えるように提案した。恵美はほっとした。

恵美の実家は多摩市の東、桜ヶ丘公園の近くにある。

四十年以上前に売り出された新興住宅地に建てられた木造二階建ての家だ。小さいが庭もついている。当時としては多摩市でも近代的な家でテレビで紹介されたと良枝は自慢していたが、恵美は番組を覚えていない。家の裏はゆるやかな丘陵で、木々がおい茂っている。

田久保が庭先にしゃがんで土を手のひらにのせていた。

「花でも植えるつもりなの」

恵美は田久保の手元を覗き込んだ。

「すっかり荒れてる。ずいぶん手入れをしてないな」

「広島の土砂災害を思い出しているんでしょ。で、どうなの。ここは危険なの。丘陵の中腹だし、古い家でしょ。地震対策なんてしていないし」

「大丈夫そうだ。真砂土じゃない」

田久保がぽつりと言った。

恵美は知っていた。田久保が広島の家のあった場所から土を円筒状のプラスチックケースに入れて持ち帰り、時々眺めているのを。

家は古いが、中の手入れは行き届いている。突然の入院にもかかわらずキッチンも綺麗に片付いていた。良枝の性格が表れている。だから庭の荒れように驚いていた。

「なんだよ、これ」

奥の部屋から剛志の大声が聞こえる。

田久保と恵美が駆け付けると、剛志が良枝の寝室のドアを開けて覗き込んでいる。

恵美は剛志を押しのけて中を見た。衣服やスーパーの袋、新聞やチラシ、段ボール箱で溢れ、足の踏み場もない。量からして一年近くため込んだものだろう。

「気が付かなかったのか。前に来たときは泊まったんだろ」

「お母さんの寝室なんて開けてない。もう、クタクタだったから。そのまま二階の自分の部屋で寝て、翌朝起きるとすぐに病院に行った」

「入院の用意があっただろ。寝巻や下着、コップや歯ブラシなんかの日用品をそろえて病院に持っていく」

田久保が数年前に胃潰瘍で一週間入院したときは大騒ぎした。恵美にとって今回は会社のことも重なり、時間もなく、自身で用意する気にはなれなかったのだ。

「あの病院は頼めばやってくれるの。電話でもね。お母さんのような一人住まいのケースが多いからじゃないの」

「やはり、認知症がかなり進んでいるのかね」

田久保が室内に目を向け、しんみりした口調で言う。

恵美が黙っていると、田久保が肩に手をやって下がらせてドアを閉めた。

「お祖母ちゃん、認知症なの」

「これ、見れば分かるでしょ」

剛志の質問に、恵美は突き放すように答えた。なぜか無性に悲しく、腹立たしい気持ちが湧き上がってきていた。なんで、自分の母親が。頭の中はそれでいっぱいになり、他はかすんでいた。

帰りにもう一度病院に寄った後、近くのファミリーレストランに入った。

「剛志はハンバーグとライスだったね。お父さんは天ぷらうどん。私はスパゲッティ。剛志はあとでフルーツパフェを食べるでしょ」

外食はいつもそうだった。メニューを見始めると、決まらない。田久保は基本的に食べ物に興味はない。剛志は恵美の言葉に答えず、店内を見回している。

その目が壁際に座っている若い男に止まった。小柄だが陽に灼《や》けた端整な顔で、背筋を伸ばして座っている。

「そんなに人のこと見るんじゃないわよ。見られた人は気分のいいものじゃないでしょ」

恵美は剛志に身体を寄せて小声で言う。

「あの人、どこかで見たことある」

剛志の言葉で、恵美はそれとなく男に視線を向けた。

「カン違いでしょ」

「絶対に見たことがある。僕は記憶力がいいんだ」

剛志が恵美の耳元で囁く。こんなところは小学校時代の剛志のままだ。

ウェイトレスが注文の品を運んできた。

「早く食べるのよ。帰るのが遅くなるから。フルーツパフェも食べるんでしょ」

剛志はハンバーグを食べ始めたが、やはり壁際の若い男をチラチラ見ている。男も同じハンバーグとライスを食べている。食べ方は――異常に速い。いつもは食べるのが遅くてせかされる剛志も、彼にならってフォークを使って口に運んでいる。

「行儀が悪いわよ。ナイフでもっと小さく切って。ほおばるんじゃありません」

恵美はスパゲッティを食べながら言う。剛志はそれを無視して、男のペースに合わせて食べ続けている。

剛志がフルーツパフェを食べながら、また男の方を見ている。ハンバーグを食べ終わった男も剛志を意識しているような気がした。すぐにウェイトレスがフルーツパフェを運んできて男の前に置いた。

「確かに変な人ね。私たちを見てる。同じものを注文してるし」

「僕を見てるんだよ。母さんや父さんじゃない」

剛志が言い切った。恵美もなんとなくそんな気がしてきた。

「だったら、ますます変な人。気味が悪いわね」

「考えすぎじゃないのか。勝手に変人扱いするのはよくないね」

田久保が男をかばうように言う。

「それにしても、何を考えてるのかしら。若者はもっと覇気がなきゃ。私は大学時代、学習塾のアルバイトを二つ掛け持ちしていたし、就職してからも走り続けていた」

「いいじゃないか。人がどう生きようと。おかしなことさえしなければ」

「絶対に何かやらかしそうな人。子供を持つ親は大変ね」

「そうじゃなくて、どこかのマンションから飛び降りるとか、電車に飛び込むとか」

「自殺ってこと。やめてよね、馬鹿なこと言うのは」

恵美は田久保の言葉にムキになったように言う。なぜか良枝の姿が浮かんだのだ。

「思い出した。あの人、電車にも乗ってたでしょ。席が空いてるのに、ドアの横に立って、ぼんやり外を見ていた。お祖母ちゃんの家の途中にある公園のベンチにも座っていた」

黙って男を見ている剛志が急に言った。

「悪い人じゃないよ。お婆さんが電車から降りるとき、手を貸していたもの」

「剛志、そんなことまで見てたの」

「今どき、珍しいでしょ」

「そんなにじろじろ見るんじゃないの。剛志だって知らない人に見られるのいやでしょ」

剛志は男から視線を外した。ほぼ同時に、男が立ち上がりレジの方に歩いていった。

8

日曜日、中村は上板橋のアパートで目覚めた。

カーテンの隙間から見える空は抜けるように青い。すでに陽は高く昇っている。

ここに泊まるときはつい寝すごしてしまう。やはり隊舎と違って気がゆるんでいるのか。

寝ころんだままテレビをつけると、どのチャンネルもスポーツか、若い男女が笑い合っているバラエティ番組だった。

テレビを消して、しばらく窓から見える空をぼんやりと眺めていた。

長岡一等陸曹の家に行けばよかったか。ふっと頭に浮かんでくる。二人の子供と、綺麗な奥さん。子供は奥さん似だ、と青山は言っていた。彼は長岡が家族で町を歩いてるのを見たことがある。

勢いをつけて布団の上に起き上がった。

昨日、アパートに来る途中にコンビニで買ったお握りを食べ、新しい服に着替えて外に出た。前回の休みにスーパーのバーゲンで買ったものだ。

駅まで歩いて路線図を眺めていると、多摩に行く路線が目に入った。

東武東上線で池袋に行き、ＪＲで新宿まで出たら京王線で多摩へ向かう。一時間半ほどの道のりだ。

躊躇《ちゅうちょ》しながらも、改札に入った。住所と駅からの道順は頭の中に入っている。

新宿からの電車ではドアの横に立って、外の風景を眺めていた。

電車は途中までそこそこ混んでいて、年配の人が多い。家族連れもいたが少なかった。

多摩センター駅を降りてから五キロ、歩いて一時間ばかりだ。

中村は手紙に書かれていた住所に向かった。

街並みは古いが、閑静な住宅地で小綺麗な家が並んでいる。何となく、ほっとした気分になった。彼はここで母方の祖父母に引き取られて育てられているはずだ。

二年半にわたる文通で、おおよその生活は分かっていた。

通りの角に立ったまま、ポケットの手紙を出した。数ヶ月前に来た手紙で、家の前に四人が立っている絵が入っていた。両脇に大人の男女。二人の子供のうち背の高い方が純一だろう。大人は若い男女で、両親に違いなかった。家は二階建てで、前庭がある。造りは中村の視線の先にある家と同じだ。

自分が預けられたのは千葉の下町、青田市だった。祖母の持ち家だったが、祖母が亡くなると同時に叔父一家が移り住んできた。中村は片隅に追いやられて、部外者として扱われた。今は叔父から定期的にかかってくる電話だけの関係だ。

三十分ほど同じ場所に立って家を眺めていたが、人の出入りはなかった。たまに通りを歩いている人もいたが、大半が高齢者で杖を手にしたり、シルバーカーと呼ばれる老人用の手押し車を押している者も多い。

中村の前を、夫婦と思われる老人が通りすぎた。しばらく歩いてから振り返って中村を見た。それを機に、中村は駅に向かった。途中、公園があったので入って、ベンチに腰を下ろした。滑り台やブランコがあり、数組の親子連れがいる。小学校に上がる前の子供たちだろう。中村はベンチに座って、子供たちが遊ぶのを眺めていた。

気が付くと子供たちが中村の方を見ている。足元にサッカーボールが転がっていた。無意識のうちにそのボールを蹴っていた。

ボールは子供たちをそれて、公園の隅に転がっていく。子供たちはボールを追いかけていった。数人の若い母親たちが集まって話している。一人が中村の方を見た。目が合って、思わず視線を外した。

母親たちが時折り中村の方を見始めた。

――おまえ、おかしいんじゃないのか。男の子と文通してるなんて人に言うなよ。変態かと思われるぞ。

中村の脳裏に青山の言葉が浮かんだ。

気が付くと、公園の外に向かって歩き始めていた。母親たちの視線を背中に感じた。角を曲がり、走り出した。


中村は駅前のファミリーレストランに入った。

席に座ったが激しい鼓動は収まらなかった。運ばれてきた水を一気に飲み干した。水を運んできたウェイトレスが、驚いた顔をしている。

食欲はなかったが、ハンバーグとライスを頼んだ。両親が生きていたころは外食はいつもハンバーグだった。

なぜ逃げ出したのか、自分でも分からなかった。なぜここまで来たのかも分からない。自分はただ、純一のことが気にかかっていたのだ。広島の病院での純一の顔を思い出すと、自分の昔の姿とダブる。

注ぎ足された水を飲んでやっと少し落ち着いた。

ふと視線に気づいた。窓際の席の少年が自分の方を見ている。

三人家族で、身綺麗な両親に少年だ。少年は中学生か。どこかで見たことがある、と中村は思った。

母親が少年に何か話しかけている。少年は自分から視線を外した。

彼らのテーブルにハンバーグと天ぷらうどん、スパゲッティが運ばれてきた。

母親が少年にフォークとナイフを渡している。自分にも昔、ああいうときがあった。

少年は食べ始めたが、頻繁に中村に視線を向けてくる。

ハンバーグとライスが運ばれてきた。隊舎での食事の習慣で、中村は食べるのが速かった。意識して遅らせようとしたが、やはり普通の人より早く食べてしまう。

少年を見ると、中村に合わせてフォークを使っているのが分かった。中村はさらに一層、食べるスピードを落とした。

ハンバーグとライスを食べ終わった少年に、母親が何か話しかけている。

しばらくして少年にはフルーツパフェ、両親にはコーヒーと紅茶が運ばれてきた。

少年にはやはり見覚えがある。中村は今日の記憶をたどった。会ったとすれば多摩市に来る前か後か。電車の中か、駅を降りたときか、純一の家に行く途中か……。

電車で見かけた少年だ。三人で並んで腰かけ、母親はしきりに少年に話しかけていたが、少年は無視して外を見ていた。

少年は時折り中村に視線を向けながら、フルーツパフェを食べている。中村もウェイトレスを呼んだ。

第三章　家族のカタチ

1

「先週南太平洋で発生した台風が威力を増して北上しています。中心気圧九百六十五ヘクトパスカル、最大風速三十五メートル毎秒、暴風域半径七十キロ。正午現在、那覇市の西約二百十キロの海上を時速十五キロの速さで北東へ進んでいます」

田久保は気象図を持って読み上げた。「ただし、九州に近付くころには大陸から南下する高気圧の影響で、勢力はかなり弱まるでしょう」

神妙な顔で聞いていた都築が、口を開いた。

「今年はいやに早いな。これで、三つ目じゃないか」

「いや、四つ目だ。三号は台風にするかどうか議論して、結局入れておこうということになった。発生四日目には消滅したが」

「このペースだと、観測史上最悪の年になりそうだな。秋口には三十個近く発生し、日本に上陸するのが十個、あるいはそれ以上というところか」

「怖いこと言うなよ。ただでさえ、びくびくしているのに」

「これも地球温暖化のせいですか」

お茶を運んできた志保が田久保に聞いた。志保はこの数日で職場にすっかり馴染んでいる。ピンクのブラウスとブルーのズボンは部屋に華やかさを与えている。肩の下まであるダークブラウンの髪は若々しかった。気のせいか、志保が来てから都築の服装は派手目になっている。

「その通り。すべての異常気象の原因は地球温暖化にあると言っていいね。だから世界レベルでその対策に取り組まなきゃならない」

都築が答えると田久保は頷いた。

発生する台風の数が毎年増え、大型化している。南太平洋の海水温度が上がっているのだから仕方がない。わずかな上昇でも、その影響は膨大で地球レベルの異常気象を引き起こす。猛暑、寒波、集中豪雨、洪水、そして竜巻……。まさにバタフライ効果だ。

「でも僕の予想の当たる確率は低いからね。内心、みんなホッとしてるんじゃないか。どうせ当たりゃしないと」

田久保は自嘲気味に言う。

「気象予報官がそれじゃ困るね。先月の伊豆半島南部の集中豪雨も、騒ぐほどのものじゃなかったって電話とメールが殺到してたって話だ。気象庁は大雨・洪水警報を出したが、避難勧告を出した自治体は八十パーセント、実際に避難した住民は十パーセントいかなかった。気象庁としてはかなりさびしい」

「我々が予報を出し、備えがあったから、そう言えるんだ。あれが突然だったら、住民は大あわてだ」

大陸から低気圧が下がってきて、南から押し上げてきた湿った高気圧とぶつかって前線ができ、日本の太平洋側に大雨を降らせた。田久保は一時間百ミリを超える大雨の恐れもあると発表した。静岡県裾野市では予報を受け、山沿いの住民二百五十世帯、千人余りを近くの学校の体育館や公民館に避難させた。土砂崩れを警戒したのだ。

実際は、高気圧の押し上げの速度が速く、晴れた日が続き、一時間三十ミリ程度の雨が三時間ほど降っただけ。それでも相当な雨量だ。

「避難訓練として有意義だった。市の防災関係者もいい訓練になったって喜んでくれた。内心はどうか知らないが」

「マスコミに聞かれたらまずい。避難時にケガ人が三人出たし、透析患者は隣の市の病院に緊急搬送された。マスコミももっと予報の精度を上げろと言う。我々は常に完全を求められる」

都築が皮肉を込めて言う。「来月の広島観測所への出張は許可が下りた。やはり、雨量と土砂災害の関係が問題視されてる時期なんだ」

「感謝するよ。今のものがまとまれば、全国の土砂災害警戒区域にも応用できる」

田久保は自信を持って言った。

広島の丘陵地帯に今年になってから、二、三日で百ミリ以上の豪雨が三度あった。地盤にかなりの変化があったはずだ。それを調べておきたいと出張願を出しておいた。

「川端も同行する。出発前にもう一度会いたいと言ってる。話があるようだ。かなり期待されている」

「自分もそう思ってた。僕から連絡を取ってみる」

土木研究所で会って以来、川端は雨量と土壌の新しいデータを送ってくる。彼から聞いた真砂土と雨量の関係は今後大きな問題になるだろう。

田久保は机の上の気象図を取ろうとしたときに志保と視線が合い、あわてて目をそらした。


午後九時すぎに家に帰ると、キッチンに恵美が立っている。恵美がチームリーダーを務めていたここ数年なかったことだ。まだ帰っていないか、すでに寝ているかのどちらかだった。惑星衝突並みの遭遇と恵美が言ったこともある。三、四度しか顔を合わせない週もあった。

「来月、二泊三日で広島に出張する。この時期に申し訳ない」

田久保は恵美に頭を下げた。

「申し訳ないなんて、本当はこれっぽっちも思っていないんでしょ。でも、いくら故郷とはいえ、よく行く気になれるわね」

恵美は言ってから、しまったという顔をした。

「仕事だよ。集中豪雨のその後を調べるのも気象庁の大事な仕事だ。今後何を重点的に観測すればいいか分かるだろ。それに土壌の変化についてもね」

田久保はこじつけのように言った。しかし重要なことだ。

食事の用意をしていた恵美が手を止めて田久保を見た。

「多摩へ引っ越すこと、あなたからも剛志に言ってよ」

「きみから言ってないのか」

「それとなく伝えてるけど、嫌だって。本気には考えてないみたい」

「あいつ、変わったからな。前はあれほど多摩が好きだったのに」

「それを言わないでよ。やっぱり受験の影響かな。ずいぶん行ってないし」

でも、と言って、恵美は軽く息を吐いた。「今の中学だって学力は高いのよ。県内でもトップクラスの高校にずいぶん入ってる。山本先生も剛志のこと認めてくれてるし。あの先生で本当に良かった。数学の力を伸ばしてくれるといいんだけど」

「成績は下り坂なんだろ。今さら僕たちが勉強しろとは言えないし——」

「言いたくないのね。いずれ、私が機会を見つけてきちんと言うわ。今は実家の掃除が最優先」

恵美がそう言って再びため息をついた。

2

翌日の朝、朝食のときに恵美はそれとなく剛志に切り出した。田久保はすでに出かけている。

「昔は春休みや夏休み、冬休みには、お祖母ちゃんの所に行ってたでしょ、泊まりがけで。剛志は一週間、一人でいたこともあるし」

「昔の話だよ。小学四年からは行ってない。あの辺の人、もう誰も僕のこと覚えてないだろ」

「すぐに友達もできるし、さびしくなんてないわよ。お母さんも、これからはずっと家にいることになりそうだから」

剛志は答えず、パンを食べる手を早めた。

「お祖母ちゃんの家は、ここより広いわよ。お父さんも喜んでる。自分の部屋が持てるって。庭だってあるし。近くに山や川だってあったでしょ」

「ここで十分だよ。もう煩わしいことはいやなんだ。だから――」

言葉の途中で立ち上がり、食べかけのパンを叩きつけるように皿に置くと、恵美を見ることもなくリビングを出ていく。

「まあいいわ。引っ越すとしても、夏休みに入ってからだから」

カバンを抱えて飛び出していく剛志を見ながら、自分自身を納得させるように呟いた。しかし、あと三ヶ月あるという思いと、三ヶ月しかないという思いが交錯している。

頭の中で引っ越しの手順を考え始めたが、まとまらない。

横浜のマンションで暮らし始めて十年ほどだ。その前は目黒で二年、世田谷で四年暮らした。剛志は世田谷で生まれた。

家具はそれなりに増えたが、ここらで片付けるのもいいかもしれない。田久保の本が問題だが、大半は専門書で気象庁にもあるものだろう。捨てるのが許されないなら図書館に寄付ということでもいい。

さあ、と勢いをつけて、恵美は立ち上がった。今日は多摩に行って母を見舞い、実家の片付けをやらなければならない。

良枝は恵美を見て笑顔を見せた。喜んではいるが、娘と認識しているかどうかは分からない。自分に優しくしてくれる、好意を持っている人程度かも知れないが、とりあえずはそれで良しとしよう。今は骨折を治すことが第一だ。恵美は自分自身に言い聞かせた。

横浜のマンションからは東急東横線、JR南武線、京王相模原線と乗り継いで一時間半ほどで多摩センター駅に着く。JR横浜駅でシュウマイの土産を買い、昼前には良枝の病室に入っていた。

シュウマイを見せると、すぐに食べようとする良枝をなだめて、昼食と一緒に食べさせた。昼食とシュウマイを残さず食べた良枝は、まだ物足りなそうな顔をしている。

「今度は二人分買ってきてあげるからね。私はそろそろ家に行って片付けをしなきゃ。帰りにまた寄るから」

良枝がうとうとし始めたのを見計らって病室を後にした。

廊下を歩いていると、顔見知りの看護師が追いかけてくる。

「田久保さん、時間があったら少しお話があるんですが」

遠慮がちな声だった。頷くと、看護師は恵美を最上階の喫茶室に連れて行った。

「お母さんですが、やはり、かなり認知症が進んでいます」

改まった表情で恵美を見ている。

「そんなにひどいとは思えないんですが。私のことも分かってるし、家のことも覚えています。私を見ると、いつも早く帰りたいって」

「私にも言っています。でも一人で暮らしていけると思いますか。生活習慣の維持機能はかなり衰えています。自分で食事を作り、食べて、寝ることです。トイレも今はご自分でできますが、いずれ――」

恵美には返す言葉がなかった。確かに入院時と比べると様々な機能が落ちている。特に認知機能の低下は驚くほど速い。恵美が認めたくないだけだ。

「ここには骨折が治るまで二、三ヶ月しかいられません。その後を考えておいてください」

「ギプスが取れて歩けるようになったら、家に連れて帰ります。リハビリに通えばいいんですよね」

「大変ですよ、これから。病院からも施設を紹介できますが」

「一緒に住むつもりです。母が承知してくれればの話ですが」

恵美は別れたばかりの母の姿を頭に描いた。恵美の知っている母親ではない。確かに大変だとは思うが、一緒に暮らし始めれば変わってくるだろう。かすかな望みだが、そう考えずにはいられなかった。そのためにも早く連れて帰りたい。

恵美は部屋の前で目を閉じ、大きく息を吸い込んだ。

ドアを開けると、かすかな異臭を含んだ部屋の空気が恵美を包む。八畳の部屋に溢れる、段ボール箱、スーパーの袋、空のペットボトル、発泡スチロール、紙袋を眺めた。その奥には何があるのか分からない。臭いからすると弁当の空き容器もあるかもしれない。一つ一つは日常のありふれたものだが、これだけたまるとかなり迫力がある。

この部屋は母親と父親の寝室だった。当時はテレビと二つのベッドがあるだけだった。父が死んでからベッドの一つは処分した。窓際にベッドがあるはずだが、どうやってそこまで移動していたのだろう。それよりも、良枝はこの中で本当に寝ていたのだろうか。綺麗好きだった良枝は諦めたのではないだろうか。廊下に横になって眠る良枝の姿が浮かび、あわてて振り払った。

段ボール箱やペットボトルをかき分けながらベッドにたどり着いた。覚悟を決めると臭いは気にならない。

身体をすべり込ませるようにしてベッドに横になると、意外と心が落ち着いた。ゴミの山が自分を護る壁のようにも思えてくる。母はここで何を考え、眠りについていたのだろう。四十年余りの生活には、恵美の知らないことも多くあるに違いない。

今まで考えてもみなかったことが頭を駆け巡った。同時に、この家で暮らしていたときの生活が心に浮かんでくる。私はここで生まれ、大学卒業までの二十二年間をすごした。

恵美は思いを振りはらうように上半身を起こした。

駅前のスーパーで買ってきたゴミ袋に分別をしながら室内のモノを詰めた。十枚入りをすべて使っても、三分の一も減った気がしない。

「明日また、片付けよう」と声に出すと、少し気分が楽になった。

ゴミ袋で埋まったキッチンでコーヒーを淹《い》れて、ゴミ袋と一緒に買っていたサンドイッチを食べた。

気が付くと、午後三時をすぎている。今日は剛志が塾に行く。今から帰っても剛志が出かける時間に間に合うかどうか。

病院に寄るのは気が重かった。顔は出した方がいいだろう。良枝には、帰りに寄るからと言ってある。どうせ覚えてはいないだろうが。

それから横浜に帰ってスーパーに行き、食事の支度をしなくては。恵美の頭の中を、これからの予定が良枝の姿を押し出すように駆け巡った。


家のカギをかけて荒れた花壇を見ているとき、一軒おいて隣の家のドアが開き少年が出てきた。知らない少年だった。彼も恵美の方を見ている。

「きみ、そこに住んでるの」

少年が頷く。

「おばさんは生まれたころからここに住んでたんだけど、きみは？」

「三年前からここに来ています」

生真面目な口調の答えが返ってくる。

「そこ、お婆さんとお爺さんが住んでたでしょ。確か、大里さん。どうしたか知らない？」

「僕のお祖母ちゃんとお祖父《じい》ちゃんです。まだ元気です」

「だったら、きみは秋ちゃんの子供なの。大里秋子さん。小学校のころ、おばさん、友達だったのよ」

少年は顔を曇らせ、黙り込んだ。何かまずいことを聞いたのか。恵美は続けた。

「私にも子供がいるのよ。中学二年生だけど。きみは何年生？」

「中学一年です」

恵美は驚いた。剛志より背が高く、落ち着いた話し方をするので、中学二年か三年ぐらいかと思っていたのだ。

「じゃ、おばちゃんの子供の方がお兄ちゃんか。でも、ここじゃきみの方が先輩だから、友達になってね」

そのとき、ドアが開いて二人の老人が出てきた。見覚えのある人たちだ。

恵美は名前を言って、状況を説明した。

二人は恵美を覚えていて、良枝が入院したと聞いたので近いうちに見舞いに行くつもりだったと言う。

「母は喜ぶと思います。一人で退屈してますから。そのお子さんは秋ちゃんの子供さんだそうですね」

「ジュンはお祖母ちゃんと先に行きなさい」

男性が二人を先に行かせてから、少年が自分たちのところに来た経過を手短に話した。少年の名前は山口純一。ある事故で両親が亡くなり、自分たちが育てることになったという。恵美は頷きながら聞くのが精一杯だった。

その日の夜、塾から帰った剛志と食事をしながら、恵美は多摩に行ったことを話した。

「部屋を片付けてきたんだけど、大変だった。でも、汚いのはあの部屋だけ。あの部屋もすぐに綺麗になりそうよ」

「僕には関係ないよ」

「剛志、まだ多摩に行く気にはならないの」

「嫌だって言っただろ。あんな田舎」

「だって昔は、あんなに好きだったじゃない。夏が近づくと、早くお祖母ちゃんとお祖父ちゃんのところに行くんだって」

「嘘だろ。覚えてないよ。ここの方が面白い。友達もいるし」

「だったら、もっと楽しそうな顔しなさいよ。剛志の顔を見てると、お母さんは――」

「僕は行きたくない」

剛志の口調が強くなった。表情も変わっている。

「まあ、聞いてよ。今日、部屋を掃除して帰ろうとしてたら、お母さんの友達だった人の子供がいたの。一軒おいて隣の子よ。剛志より一歳下の中学一年生」

「僕には関係ないよ。行くなら母さんが一人で行けばいいじゃないか」

「そんなこと、できるわけないじゃない。剛志の食事はどうするのよ」

「コンビニで買ってくるよ。今までだって半分はそうだったじゃないか」

「じゃ、洗濯物や学校のいろんな書類はどうするの。洗濯なんて剛志はしたことないでしょ」

「洗濯機に入れるだけだろ。うちのは乾燥機付きだから、物干しなんていらないって言ってたじゃないか。学校の書類だって、僕がサインしてハンコ押したのもある」

「お父さんも行くのよ。剛志一人で置いておけない」

「だったらそれでいいよ。二人で行けばいいじゃないか」

「お祖母ちゃんを一人で置いておけないでしょ。こっちに呼ぶわけにはいかないのよ。環境が変わると、病気が悪化する可能性が高いの。剛志も普通じゃないってこと分かってるでしょ」

言ってからしまったと思ったが、剛志に驚いた様子はない。

「認知症って奴でしょ。お祖母ちゃん、僕の名前を覚えてなかった」

「顔は覚えてたでしょ。毎年、遊びに行ってたんだもの」

「昔の話だよ。もう、バッタやクワガタに興味はない」

「ゲームなんて、どこでもやれるでしょ。新しいの買ってあげるから」

いつのまにか、むきになって言い合っていた。

「そんなに僕を多摩に行かせたいんだ。受験だってそうだった。でも結局、失敗したんだ。今度は僕が決める。僕は行かないからね」

剛志は箸を叩きつけるように置くと、部屋に戻っていった。

田久保が帰って来てから、多摩での出来事を話した。

「中一で山口純一くん。事故で両親が亡くなったんだって。だから、大里さん祖父母が引き取って育ててる。かわいそうよね」

「両親が亡くなる事故って、交通事故かな」

「そんなこと聞けないわよ。とにかく純一くんだけが残った。剛志に友達ができそう。一年下だけど、素直で良さそうな子だった。私、大里秋子さんとはけっこう仲が良かったんだから」

秋子の顔を思い出そうとしたが、背の高いおとなしい子だったとしか記憶がない。

「同じ中学、高校じゃなかったんだろ。きみは区内の中高一貫の私立だから」

「そうだけど、家が近かったから小学生のときなんかよく一緒に遊んでた」

中学に入ってからは道で会うと挨拶する程度だった。そのころから、自分の生活圏は都心だったのかもしれない。

「それで剛志は多摩に行く気になったのか」

「煩わしいことはいやなんだって」

「引っ越しは確かに煩わしいな」

「そうじゃなくて、生活が変わるのが嫌なのよ。あの子、見かけよりずっと臆病で神経質なんだから」

あなたに似て、という言葉を呑み込んだ。

「でも今の学校じゃ、いじめできみが呼び出されたりしてるんだろ。その方がよほど面倒で煩わしいと思うけどね」

「怖いんじゃないかしら。何が起こるか分からないから」

恵美は剛志の部屋の方を見た。田久保が考え込んでいる。

「あなたも言ってたでしょ。大学に入るとき、初めて長年暮らしてた土地から出るのは怖かったって。私は嬉しかったんだけど」

「人には二種類いるんだ。今日のままでいたいと思う人間と、明日を待ち焦がれる人間。都築が言ったんだけど、僕は前者の方。剛志は僕に似たんだ」

「あなたも本音は多摩には行きたくないの？　横浜にいたい？」

「引っ越しが面倒なだけ。きみがお義母さんの面倒を看るためなら、行く価値はあると思ってるし反対はしない。僕には両親がもういないからね」

田久保の言葉は本音だろう。こういうことには正直な人だ。

「剛志、また変わったと思わない？」

恵美は田久保に聞いた。

「僕にはいつも通りに見える。変わったとしたら、中学生になってからだ。小学生で、入試に落ちたんだからな。あれほど頑張って、まわりからも期待されてたんだ。本人には相当なショックだった。人生がひっくり返るほど」

「そうじゃなくて、最近よ、ここ数日。うまく言えないんだけど、イライラしているのは確か」

「本人に聞いてみろよ。何かあったのかって」

「私が聞いたって煙たがられるだけ。私が多摩に行こうと、しつこく言ったからかしら。あなたからも言ってみてよ」

恵美は自分でも焦っていると思う。母の姿がちらつくのだ。

「今夜はもう遅い。今度、早く帰ったときに話してみる」

「いつもそうやって、あなたは逃げる」

恵美は立ち上がり、リビングを出た。

3

金曜日の昼休み、週末に備えて隊内はどことなく華やかな雰囲気だった。

青山は恋人の久美子のアパートに泊まりに行くと触れ回っていた。

明日、また多摩に行ってみようか。中村の頭に浮かんだ。

自分はなぜ純一に会いたいのか。両親を亡くしたあの少年の元気な姿を見たいという欲求と、規則に反するという後ろめたさが交錯している。なぜか、このまま放っておけないという思いがある。自分の昔の姿と重なるのかもしれない。

通りを歩く老人たちの視線がよみがえってくる。公園の若い母親たちの表情も中村の心を萎縮させた。あの町で自分は異端者だった。そんなことを考えていると、自分の居場所はやはりここしかないのかと思えてくる。

長岡一等陸曹に呼ばれた。

「明後日、日曜日は予定があるのか。なければ俺のうちで昼飯でも食わないか」

「自分は――」

「用があればそっちを優先しろ。また機会はある」

「お伺いします。よろしくお願いします」

思わず頭を下げた。顔を上げると長岡の笑顔があった。

自衛隊に残るかどうか。長岡の言葉は中村の頭の隅に常に貼り付いている。それは四年と少しの間の中村自身の生活に、意味があったかどうかを問われているような気がした。実際はそんなことを考える余裕がなかった。

一日の訓練が終わり、隊舎に戻って一息ついたときだった。スマホが鳴り始めた。

中村は一瞬迷った。一日のうち、この頃合いを見計らってかかってくる電話の相手は決まっていた。叔父だ。画面を見ると、やはり青田市の表示がある。

叔父の名前は中村誠治だが、自分と同じ中村で登録するのには抵抗があった。誠治とするのも、見つかると何を言われるか分からない。結局、住んでいる地名の青田市にしている。

躊躇しながらも画面をタップして、スマホを耳に当てた。

〈おまえ、明日、時間はあるか〉

とっさのことなので返事ができなかった。数秒の間をおいて答えた。

「分からないよ。友達に遊びに行こうと誘われてる」

〈青山とかいう同期の男か。同室だったな。あいつは少年院に入る寸前までいったワルだぞ。付き合うのはやめた方がいい〉

「なんで、そんなこと知ってるの」

〈おまえのためを思って調べたんだ。時間も金もかかったんだぞ〉

ウソに決まっている。叔父がそんなことに、時間や金をかけるとは思えなかった。第一、中村のためなどありえない。

〈ちょっとでいい、会いたいんだ。もうずいぶん会ってないし。駅の近くに喫茶店があるだろう。不動産屋の隣だ。必ず来るんだぞ。待ってるからな〉

時間を言われ、電話は一方的に切られてしまった。〈桜葉〉という名の喫茶店だ。叔父はここまで来たことがあるのか。中村は不気味な悪寒に似たものを感じた。

その日の夜、風呂から戻ってきた青山が中村の顔を覗き込んできた。

「どうしたんだ、不景気な面して」

「何でもないですよ」

「バカ野郎。おまえとはもう四年以上も同じ釜のメシ食ってるんだぞ。久美子なんて妬いてたぞ。拓くんと真ちゃんは私の何十倍も一緒にいるって。何かあるんなら言ってみろ」

中村は迷った末、口を開いた。

「叔父さんから電話がありました。明日、会いたいって」

「そりゃおまえ、金を貸せって言うんだぜ」

「金なんて持ってないです。数ヶ月に一回だったのが、最近じゃほぼ毎月、叔父さんに振り込んでるし、アパートを借りるのに色々かかって貯金は使ってしまいました」

「そうだよな。俺なんて久美子に金借りてるもの。どうせ結婚すればチャラになるけどな」

青山が笑いながら言う。「会わなきゃいいんだ。いくら親戚だって駐屯地内までは来ないだろ」

中村は叔父が自衛隊に詳しいことを思い出していた。青山のことさえ知っていた。

「絶対に金なんか貸すんじゃないぞ。おまえ、なめられてるんだ。一生たかられるぞ。それにしてもひでえ叔父だな。俺だったらぶっ殺してる」

興奮した声が返ってきたが、すぐにいびきが聞こえてきた。

中村はしばらくの間、眠れなかった。叔父と一緒に暮らしたころのことが思い出された。殴られたことはなかったが、いつも何かに怯えていた。早く家を出ることだけを考えていた。


翌日の朝食後、青山は「会うんじゃねえぞ」と念を押してから、喜々として外出していった。

中村は悩んだ挙句、叔父の指定した喫茶店に行った。

ほぼ四年半ぶりに会う叔父は白髪が増え、顔は病的に赤黒く、皺だらけだった。目は赤く、やにがたまり力がない。身体もひと回り小さくなって、別人のようだった。以前は遊び人風で、威勢のいい男だった。パチンコに入れ込んでいて、たまにチョコレートやチューインガムをくれたことがある。

「そんなにじろじろ見るんじゃねえ。俺も苦労してよ。女房には逃げられるし、ガキも女房についていきやがった。俺にはおまえしかいないってことよ」

笑った拍子に前歯が二本抜けているのに気づいた。

「二百万。いや、百万でいいんだ。貸してくれないか」

中村は黙っていた。金を無心しに来たことは分かっていたが、そんな大金だとは思っていなかった。

無言で下を向いている中村に叔父は続けた。

「おまえ、ずっと隊舎で暮らしてるんだろ。おまえの性格からして、酒も飲まないし、遊び歩くこともないだろ。ボーナスもあるし、そのくらいの貯金はあるだろう」

「そんな大金ありません。叔父さんにここ一年以上毎月三万円送ってるし、最近、アパートを借りました。敷金や礼金を払ったし……」

「じゃ、五十万でいい。自衛隊から借りることはできないのか。二任期目の任期満了金ももらってるんだろ。次の満了金って、前借りはできないのか」

「無理だと思う。そんな話、聞いたことがない」

「聞いてみろよ。分からんだろう」

叔父の目つきが険しく、口調が厳しくなった。「ここのところ、負けが込んでてな。借金返さなきゃ、祖母さんの家もなくなるぞ」

負けというのはパチンコのことか。

「祖母さん、おまえの親父にばかり金かけてな。おまえの親父は大学出てるだろ。頭よかったからな。弟の俺なんて、高校もまともに出てねえ」

「年ちゃんは大学行かなかったのか」

年ちゃんとは叔父の子供、年男のことだ。中村の二歳年下だった。寡黙で話したことはあまりなかったが、母親である叔母は頭のいい子だといつも自慢していた。

「あいつは馬鹿だし。母親べったりだった」

「叔母さんはどうしたんですか。働いてたでしょ」

「あいつは出てったと言っただろ。俺にはもう、おまえしかいないんだ」

急に哀れっぽい声で、おまえしかいないと繰り返した。

叔父の携帯電話が鳴り始めた。画面を見てあわてて席を立ち、外に出て行った。店の入口前でしきりに頭を下げながら話している。

中村は目の前のコーヒーカップを見ながら考えていた。五十万はあるが、それを渡せば一銭もなくなる。青山の声が脳裏に蘇る。絶対に貸すな、一生たかられるぞ——。

「悪いな。これから行かなきゃならないところができた。また連絡する。金のこと、頼むぜ」

戻ってきた叔父は中村の肩を叩くと、そのまま喫茶店を出て行った。

中村は叔父の姿が人混みに紛れて見えなくなってから、伝票を持って立ち上がった。

アパートに行こうかと思ったが、足は隊舎の方を向いていた。


翌日の昼、中村は長岡の家に行った。

長岡は駐屯地近くの区営住宅に住んでいる。

四階建ての一階で、三部屋と台所、中村が両親と妹の四人家族だったころに住んでいた家の方が部屋数は多い。あの家は父親が買った一戸建てだった。ローンがまだ二十年以上残っていると叔父が言っていた。

　両親と妹が死に、中村が祖母の家に住み始めたころ、何度か叔父がやってきて祖母と言い争うのを聞いた。中学生の中村には何のことか分からなかった。叔父が帰った後、祖母が中村の前に正座し、ごめんよ、ごめんよと涙を流したことを覚えている。

　長岡の家は広くはないが、綺麗に片付いていて居心地がよさそうだった。

　長岡の奥さんは優しそうな人だった。声が大きく、よく笑う人だ。笑いの絶えない家庭とは、こういうものかと中村は思った。温厚な長岡の人柄が表れている。子供は五歳の男の子と三歳の女の子だ。両親と二歳違いの兄妹、中村と同じだ。

「中村さんの笑ったところ見たことがないんだって。心からって意味だけど。うちの人がそう言ってた。そんな人はいないって、私は思うんだけど。腹いっぱい食べてもらって、笑わせて帰してほしいって」

　テーブルには鍋の用意がしてあった。長岡が大皿に野菜と肉を盛りつけている。

「ウチは質より量なんだ。消費期限切れ寸前の野菜と肉をスーパーで安く買ってくる。まだまだおいしいのにかわいそうだって」

「だって、そうでしょ。消費期限なんて言葉、大嫌いなの。命に期限なんてつけられたら嫌じゃない。肉はたいてい期限切れ当日の三割引き。熟成してて一番おいしいのよ」

　奥さんが笑う。中村もつられて笑みを浮かべた。

「嫁さんは駅前のスーパーで働いてる。経理の仕事だ。俺の給料と変わらない。だから頭が上がらない。子供たちは保育園だ。いつもは嫁さんが連れて帰るが、俺が早いときは俺の仕事だ」

長岡は缶ビールのタブを開けながら話した。子供たちは珍しそうに中村を見ている。

楽しくにぎやかな昼食だった。中村はほとんどしゃべらなかったが、笑みを浮かべて長岡たちの話を聞いていた。自分は彼らの家族ではない。あまり深く関係を持たない方がいい。自制を促す考えも心のどこかにある。

食事の後、中村は長岡に誘われてベランダに出た。前の道路では、子供たちがもう遊んでいた。時々、中村の方を見て笑い合う。

長岡は、隊では見せたことのない穏やかな表情で子供たちを見ている。中村は自分の父親の顔を思い出そうとしたが、輪郭が浮かばない。あれから八年がすぎている。

「家族というのは煩わしいと思うこともあるが、いいもんだ」

「自分にはよく分かりません」

中村は遠い記憶を呼び覚まそうとした。確かに長岡の子供たちのような時代もあった。両親がいて妹がいて、家があった。しかし、それは記憶の彼方だ。

「俺は自衛隊ってのは一つの家族だと思ってる。だから、お互い命をかけて助け合い、一つの目的に向かって進む。そんなこと考えてる奴は、頭の古い変わり者なんだろうけどな」

長岡はしみじみとした口調で話した。「おまえはまだ家族の一員にはなっていない」

長岡が子供たちから視線を中村に移した。

「どこか入り込めていないんだ。居候《いそうろう》って感じかな。片隅で、殻に閉じこもって遠慮しながら暮らしている」

「そんな難しいこと、自分は考えたことありません」

「難しくはないだろ。居心地がいいか、悪いかだ」

「いいと思っています」

「だったら、もっと楽しそうな顔をしろ。もっと自分をさらけ出してみろ。家族で遠慮しながら生きてる奴なんていないだろ」

長岡の言葉は理解できるような気がするが、中村はどう答えていいか分からない。

「俺の希望としては、このまま自衛隊に残ってほしい」

長岡が視線を子供たちに戻し、さり気なく言った。「おまえのことを見てると、弟を思い出すんだ」

「弟って――」

「俺には四つ違いの弟がいた。生きてればおまえより十歳ほど上だ。祐司っていう。身体が弱くて中学のときに死んだ。風邪だと聞いたが、あっけないもんだった。朝、咳が出て頭が痛いというので医者に行って、そのまま入院だ。帰ってきたときには死んでた。俺が高校三年、祐司が中学二年のときだ。何となくおまえに似てるんだな。気が弱くて優柔不断なところなんか。放っておけなくなるんだ」

青山にも同じようなことを言われたのを思い出した。

「実は電話があった」

長岡が中村に向き直り、改まった口調になった。「おまえの叔父だという人から。中村誠治と名乗った。おまえの任期満了金を前借りできないかという話だ。そういう前例はないと断った」

中村は言葉を失っていたが、何とか口を開いた。

「叔父さんはどうして長岡一等陸曹の電話番号を知ってたんですか」

「総務に電話があって、俺に回されてきた」

「申し訳ありません」

「なんでおまえが謝る。おまえのことは調べてある。十四歳のとき、交通事故で両親と妹を亡くしたことや、千葉のお祖母さんの家で育てられていたが、お祖母さんが亡くなって、そこに叔父さん一家が来たこと」

「自衛隊ではそんなことまで調べるんですか」

「そんなこと、じゃない。おまえにとっては人生そのものだろう。大事なことだ。自衛隊や俺にとってもな。家族だって言っただろう」

分からなくもなかったが、断りもなく調べられてはいい気がしない。

「自衛隊にはいろんな奴がいる。青山も一歩間違えば少年院に入っていた。しかし、今は心配ない。自分に自信を持っている。もともと頭がよくて器用な奴だったが、友達が悪かった。おまえはまだ自分に自信が持ててないようだ」

「自分がどういう人間かなんて分かりません。今まで必死でした。置いていかれないようにするだけで。自分は体力的にも精神的にも他の者より未熟ですから」

「おまえはもう十分に一人前だ」

長岡が確信する表情になった。「広島では少年を救った。あれは大したものだった。みんな身がすくんでたんだ。雨と土砂、あの家はいつ崩れてもおかしくなかった。それをおまえは志願した。戦場なら勲章ものだ。新聞にも載っただろ。百時間ぶりの少年救出。自衛隊にとって災害出動も大事な仕事なんだが、評価は低い」

新聞記事は隊舎の食堂に貼ってあった。チームとしての活躍と書いてあったが、中心は中村だ。家の屋根から少年を支え上げている中村の写真も掲載されていた。

「アイスクリーム食べない？　三時のおやつよ」

部屋から奥さんの声がする。

「困ったことがあれば、何でも相談しろ」

長岡が中村の背中を軽く叩いた。

道路では二人の子供が中村を指差して笑い声を上げている。中村も微笑み返した。

4

剛志は校門を出たところで立ち止まった。通りの角に、優司たちが待っていた。

彼らに連れられて学校近くの公園に行った。さほど広くはなく、中央にブランコと滑り台があるが、遊んでいる子供を見たことがない。

優司たちが滑り台の下で剛志を取り囲んだ。

「おまえ、山本に俺たちと付き合うなって言われたんだってな」

「そんなの誰から聞いたんだ。成績が下がってるのを注意されただけ」

「ウソ言え。葉山が聞いてたんだよ。カバンを取りに教室に戻ったら、山本とおまえが深刻な顔して話してたって。成績が下がったのも、俺たちのせいらしいな。おまえは一年のときから山本のお気に入りだったから」

「そんなこと言ってなかった。ウソじゃないよ。だから――」

「山本の野郎、タダじゃおかねえから。あいつ、うぜえんだよ。最近、特にいい気になってる。学校にいられなくしてやるぜ」

優司は剛志の言葉を遮り、仲間たちの方に向き直っている。初めから剛志の話など聞く気はないのだ。

「何するんだよ。余計なことはやらない方がいいって。放っておくのがいちばんだよ」

「山本の好きになんてさせるか。あいつ、調子に乗りすぎてる。ちょっと人気があると思って。俺たちだって、バカじゃないってところ見せてやろうぜ」

「やめとけよ。何考えてるんだ」

「おまえは黙ってろ。山本の野郎、学校、クビにしてやるぜ」

「何やるんだよ。あの先生、生徒にも親にも人気があるし、信用があるから、ヘンなことやるとヤバいよ」

「イヤなら何もしなくてもいいぜ。でも、おまえも共犯だからな」

優司が剛志に向き直り、襟首をつかんだ。柔道を習っているというだけあって、息ができなくなる。

「何をするんだ。僕は関係ない。離せよ」

「意気地のない野郎だな。中学入試、落ちるわけだ」

襟首を離して剛志の頬を平手で叩いた。

剛志は走り出していた。優司の声が聞こえたが、振り返らず懸命に走った。


部屋に入ってカバンを放り出すと、ベッドに寝転んだ。ゲーム機を力まかせに壁に投げつける。ボコッと音をたて、床に転がった。

自分の気持ちが分からない。ただイライラしている。おかしくなったのはいつからだ。

突然、不安になった。「学校にいられなくしてやる」と言った優司の不敵な表情が頭から離れない。

教師というだけで反抗したくなるが、山本は嫌いではなかった。教師でなければ、好きになったかもしれない。

優司たちが何か企んでいる。誰かに話した方がいいか。思いつくのは両親しかいない。

だが、両親の言葉に従ってもロクなことはなかった。小学四年から進学塾に通い始めて、休みの日も塾に通った。新しい友達とテストの点数を競争したり、成績が上がることはそれなりに楽しかったが、最後に崖から転落した。これも親の言葉を聞いたからだ。二度とあんな思いはしたくない。

自分よりもずっと成績が下だった者が受験に受かって、私立中学に通っている。会うと挨拶はするが、どこか違和感を覚える。今では住んでいる世界が違う。そう言われているようで、遠くに姿を見かけると、わざと道を変えるようになった。もう親の言葉は信じないし、聞かない。

5

田久保が横浜のマンションに帰ったのは、午後十時をすぎていた。玄関の明かりだけで、薄暗いキッチンに恵美が座っている。

「電気もつけないでどうしたんだ」

田久保が聞いても答えない。

遅くなるとは伝えていた。土木研究所の川端と会っていたのだ。広島への出張前に、調査の打ち合わせをしておきたかった。

「また剛志と喧嘩したのか」

恵美は無言のまま両手で顔を覆った。剛志の部屋のドアの隙間からは明かりが洩れている。ここ数日、多摩への引っ越しのことで揉めていた。

「話そうとしたけど、部屋から出てこない。あなたからも言ってよ。話すと言ってたでしょ」

顔を上げた恵美が田久保を見つめてくる。その目には悲愴感さえ漂う。

田久保は軽いため息をついて剛志の部屋に行った。

「剛志、話があるんだ」

ドアノブを回すと、カギはかかっていない。

田久保はそっとドアを開けて部屋に入った。剛志は机に置いた両腕の上に顔を乗せて、眠っている。

田久保はその寝顔を覗き込んだ。幼い頃の面影が感じられる。

部屋の中も眺めた。この部屋に入ったのは何ヶ月ぶりだろうか。去年の夏あたりにドアにカギをつけられ、入れないようになっていた。外にも南京錠がついていて、出かけるときにはカギをかけている。百円均一で売っているおもちゃのようなものだ。「外した方がいいぞ」と言ったきり、一年近くたつ。剛志も出かけるときはほとんどかけ忘れているが、無断で入るなという意思表示には十分役立っていた。

「なんで、おまえがここにいるんだ」

険しい声で振り返った。剛志が顔を上げて田久保を睨みつけている。今までに見せたことのない怒りの表情だった。

「カギが開いてたから――」

「さっさと出ていけ。二度と入ってくるな」

戸惑う田久保に対して、甲高い、怒鳴るような声を出した。言われるまま部屋を出た。

田久保はほとんど言葉がなかった。「おまえ」と言われたのがショックだった。それにあの目は——。

リビングに戻ると恵美が顔を上げた。

「突然、あの調子よ。クソ婆とも呼ばれた。学校で何かあったんじゃないかしら」

「寝てるところを起こしたらしい。機嫌が悪かったんだ」

「最近、あの子が自分の子供だと信じられないことがある」

数秒の沈黙後、恵美が言った。

「反抗期だろ。いずれ、元に戻る。家庭内暴力がないだけいい」

我ながら軽い言葉だと田久保は思った。

剛志の部屋を見るとドアの隙間から洩れていた明かりが消えている。

翌朝、田久保は恵美と剛志が起きる前に家を出た。

昨日の土木研究所での川端との話をまとめるのが口実だが、家にいることに耐えられなかったのだ。恵美も剛志も部屋で息をひそめているのが、ひしひしと感じられた。

「田久保さん、ちょっといいですか」

田久保がパソコンを立ち上げていると、志保が話しかけてきた。

「田久保さんの天気予報、すごくよく当たりますね」

「今は、観測装置が発達してるから。衛星を作って打ち上げた科学者に感謝だね」

「でも、やはり魔法みたいです。スゴイですよ」

志保は持っていた本を見せた。気象予報士試験のテキストだ。

「受けようと思って勉強してます。分からないことは教えてくださいね」

「僕に分かることなら」

田久保は気持ちの高ぶりを感じた。こういう気分は初めてだった。

「今度のお休みは空いてますか。もし空いてたら――」

ドアの開く音がして都築が入ってきた。

「都内の土砂災害警戒区域の研究会が立ち上がることになった。土木研究所との共同だ。集中豪雨と地盤の安定性の共同研究をする。うちからは、きみが行ってくれるだろ」

一気に言ってから、初めて気付いたように志保を見た。「なんだ、お邪魔だったかな」

「花村さん、気象予報士の試験を受けるそうだ。今勉強中らしい」

志保はテキストを都築に見せて、よろしくお願いしますと頭を下げた。

「そりゃあいい。ウチの課、全員で応援しなきゃな」

「研究会については大賛成だ。ありがたく行かせてもらう」

「じゃあ早速、先方に承諾の通知を送っておく。具体的には来週連絡をくれるそうだ」

都築はあわただしく言うと出て行った。

6

山本の授業が休みになった。教頭が来て自習を告げたが、かなりあわてている様子だった。

剛志の心に昨夜からの不安がこみ上げてくる。

「山本先生になんかあったのか。怪我したとか。家族に何かあったとか」

「職員室から、教育委員会とか警察って声が聞こえたって」

「三組の女の子たちが泣いてたって。本当かしら」

教室の中から、様々な声が聞こえてくる。

優司たちが集まって低い声で話している。時々顔を上げて、クラスの反応を見るように教室全体を見回した。

剛志と目が合うと、優司がニヤリと笑った。いったい、何をしたんだ。

その日の山本の授業はすべてが休みになった。問題が起こっているという噂は学校中に広がったが、それが何かは分からない。他の教師たちは山本の話題に触れようとはせず、平静を装っている。山本自身は学校にいるらしいが姿は見えない。校長室にいるという噂だ。

教師たちが本当は動揺しているのは明らかだった。昼休みには教師全員が職員室に集まっていた。生徒が入ろうとすると、今日は立ち入り禁止だと追い返された。

山本のスマホが女子トイレで見つかったと聞いたのは、午後になってからだった。他のクラスから伝わってきたのだ。こういう話はすぐに広まっていく。

剛志は優司たちの動向を確かめながら、落ち着かない一日をすごした。

放課後、剛志は優司たちに囲まれて、公園に連れていかれた。

「おまえらが、山本のスマホを女子トイレに置いたのか」

「そんなの知らねえよ。自分で置いたんじゃないの。嫌な奴だと思ってたんだが、とうとう正体を現したんじゃないのか」

優司が落ち着いた声で言った。

「山本の野郎、ザマアみろ。これで、あいつは学校にいられなくなるぜ」

「スマホを女子トイレに置いたのおまえたちなんだろ。やり方が汚いぞ」

「偉そうなこと言ってるからだ。これで、熱血教師がエロ教師に格下げだ」

「学校、辞めなきゃならなくなったらどうするんだ」

剛志の鼓動は激しくなった。

「俺たちの知ったことじゃねえ。こういうのを身から出たサビって言うんだろ」

「山本にも家族があるだろ。幼稚園の女の子がいるって聞いたことがある。困ってるぞ」

「おまえ、俺たちがやったと思ってるだろ。何もやってないぜ。証拠があるなら見せてみろ」

優司が平手で剛志の頭をはたいて、拳を鼻先に突きつけた。


その夜、父親の帰宅も早く、珍しく三人がそろって夕食をとった。母親から山本の話題が出た。

「山本先生、何かしたの」

「何で僕に聞くんだよ。誰か何か言ってたの」

「お隣のおばさん。夕方、エレベーターの前で会って、中学校で何かあったのって聞かれたわ。山本先生の名前が出た」

おばさんの長女が二年前、同じ中学を卒業している。

剛志が黙っていると、母親は顔を覗き込んでくる。

「剛志、顔色が悪いし、元気がないわよ。どうかしたの」

「頭が痛い。風邪かな」

「だったら、早く食べて寝なさい」

父親も頷いている。

剛志は半分近く食事を残して、自分の部屋に戻った。ドアを少し開けて、ベッドで横になる。

剛志がいなくなるのを待ち構えたように、母親が山本の話を始めた。

「山本先生が女子トイレを盗撮したらしいわ。スマホがトイレに落ちてたんですって」

「先生はなんと言ってるんだ」

「昨日、スマホをなくしたって。そりゃ、やりましたとは言えないわよね」

「教育熱心で真面目な先生なんだろ。きみがそう言ってた。信じられないな」

「私だって。男の人なんて分からないわよね」

二人の会話は、剛志の部屋まで聞こえてくる。

「もう、学校にはいられないだろうな」

「そりゃそうよ。そんな先生に子供を任せられないもの。特に女の子は」

「いい先生だって言ってたんじゃないのか。剛志のこと、誉めてたって」

「数学の成績をすごいって言ってくれたからね。でも明日から自宅謹慎だって」

「すぐにマスコミが知って、大ごとになるな」

「マスコミが騒ぎ出す前に辞めるようにって言われてるらしい。先生は無実を主張してるらしいけど」

剛志の鼓動が激しくなった。優司たちがやったに違いない。学校にいられないようにしてやる、とはこのことか。自分には関係ないことだ。そう言い聞かせようとしたが、ますます落ち着かない気分になる。

山本のことを思い浮かべた。

〈おまえなら、学年一番も十分に狙えると思ったんだ〉

山本が剛志に期待していたことは確かだった。その期待に自分は応えていない。学校で唯一、剛志のことを認めてくれていた教師かもしれなかった。

どうすればいいのか。打ち明ければ優司から仕返しされることは分かっている。誰に、何と言えばいい。自分の話を信じてくれるかどうかさえ分からない。

無性にイライラし、自分に腹が立つ。同時に悲しい。中学受験のときの無力感を思い出した。

ふと祖母の顔が浮かんだ。小学四年までは、夏休みの半分は多摩ですごした。仕事に追われる両親が預けたのだろうが、祖母は剛志を受け入れ、見守っていてくれた。それが受験で途切れた。

初めて祖母の家に泊まったときのことを覚えている。小学校に上がる前だ。父親は九州に出張中、母親は急遽ハワイに雑誌の撮影に行くことになった。こうした事情はずっと後になって祖母から聞いた。

剛志を迎えにきた祖母が横浜のマンションに到着するのと入れ替わりに、母親は家を出た。剛志は祖母に連れられ多摩に行った。当時はまだ祖父も元気だった。明るいときは平気だったが、陽が沈むと急にさびしくなった。祖父と祖母の三人ですごすのは初めてで、夜は祖母の布団で寝た。翌朝、祖父母に連れられて近くの山を歩いた。落ち葉を踏みしめながら林を歩くのは初めてだった。わざと足を上げ、ざわざわと音を立てながら歩いた。その感触は今も身体の奥に残っている。

数日多摩で暮らした後に父親が、その翌日には母親が帰ってきた。

以降は、両親が忙しいときには剛志は多摩に泊まりに行くことになった。夏休みには、一週間単位で泊まった。それが小学校四年になる春まで続いた。

剛志の脳裏に静かな街並みと緑の丘陵が浮かんでくる。その中に祖母に手を引かれた自分の姿がある。

行ってもいいか、と剛志は心の中で呟いた。

7

ベッドの中で、恵美は田久保が出かけていくのに気づいていた。なぜか起きることができなかった。

剛志の朝食の用意をして再び部屋に戻ると、ベッドにもぐり込んだ。

剛志が出かけてからキッチンに行くと、手つかずの朝食が残っていた。

恵美はコーヒーを淹れてカップをキッチンのテーブルに置き、その前に座った。香ばしい香りが立ちのぼっているはずだが、何も感じない。

ここ数年、家で一人すごすということがなかった。

勤めているときもプロジェクトが終わり、年休の消化のために家にいるときはあった。そんな日は、剛志が戻ってくるまで寝ているか、たまっていた雑用を片付けるのに精一杯だった。

突然怒りをぶつけてくる剛志に、田久保は口では気にかけているようなことを言うが、まったく頼りにはならない。

一人座っていると、自然に涙がこぼれてくる。理由のない涙など今までこぼしたことはなかった。理由のない――いや、理由はあるのだろう。多すぎて、特定できないだけだ。今は考えたくもない。

恵美は立ち上がってキッチンを片付け始めた。今日は多摩に行くのはやめにしよう。毎日では気持ちの負担が大きすぎる。母親の老いた姿を見つめるのは辛い。あの部屋を思うと暗い気持ちにもなった。どんな思いで母はすごしてきたのか。

シンクにたまっていた食器を片付け、磨き上げた。

再び椅子に座って、ぼんやりした。気が付くと、いつの間にか陽が傾きかけている。

「行ってもいいよ。多摩のお祖母ちゃんのところ」

突然の声に振り向くと剛志が立っている。何を言われたか、一瞬分からなかった。

「ほんとう。お祖母ちゃん、喜ぶから」

恵美が答えたときには、剛志は自分の部屋に向かっていた。信じられない思いで後ろ姿を見つめた。

立ち上がって剛志を追おうとしたが、座り直した。今は何と言えばいいか分からない。

恵美のポケットでスマホが震え始めた。

会社を辞めた日にメモリーから消したが、電話番号はまだ覚えている。高柳からだ。

恵美はそのままスマホをしまった。


翌日、恵美は多摩の実家に最後の片付けに行った。

ドアの前に立ち、視線を走らせると軽く息を吐いた。何もない部屋の隅にベッドが一つある。やっと掘り当てた宝物という感じすらした。部屋を埋めていたゴミの山を、ほぼひと月かけて片付けたことになる。

畳はさほど傷んではいなかったが、湿っぽかった。一部だが黒ずんでいる箇所もある。カビだろう。梅雨に入る前でよかった。

キッチンには三個のゴミ袋が置かれている。これで最後だ。全部で二十個以上はあった。ゴミの日に三袋ずつ出し続けた。よくもこれだけため続けたと思う。消費期限が一年以上前の硬くなった桜餅やお握りが出てきたのには驚いた。

テレビでゴミ屋敷を映しているのを見て呆れていたが、自分の母親が当事者になるとは想像もしていなかった。

良枝は片付けたことに気付くだろうか。どれだけの時間をかけて、あれだけのモノをため込んだのだろうか。何を思いながらあの中で寝ていたのだろうか。それを思うと、涙が出てくる。

帰りに、病院に良枝を訪ねた。スマホで撮った部屋の写真を見せるつもりだった。

恵美が病室に顔を出すと、嬉しそうに微笑むようになっている。

「落ち着いていますよ」

ちょうど部屋にいた看護師が言った。

良枝はすでにベッドを降りてリハビリをやっている。ひと月以上寝たきりだったため、足は骨に薄い布をまきつけたように細い。

「足の方はまだしばらくかかります。リハビリをやっていますが、ご高齢ですので元のように歩けるようになるのは難しいかもしれません」

「せめて松葉杖を使ってでも歩けるようになればいいんですが」

恵美はインターネットを使って骨折の症状について調べたが、やはり八十歳近くになってひと月以上の入院生活は、肉体と精神に大きな負担になる。

三十分ほど良枝と話をした。

季節のことなどに触れたが、良枝が興味を持つのは実家の話だけだ。写真を見せた。私とお父さんの部屋、と言うだけで特別の反応はなかった。

「じゃ、お母さん、私は帰るからね。また来週来るわね」

「悪いけど来週、私はいないよ」

「どうして。もうしばらくいなきゃならないでしょ」

「家に帰るよ。ここの人に頼んで家に連れて帰ってもらう。ここはもうずいぶん長いからね」

「無理は言わないでよ。私が来るまで待っててよ」

「待てないと思うよ。お父さんが家で待ってるし」

「お父さんは、とっくに亡くなったでしょ。何度言わせるのよ」

恵美の声がわずかに大きくなった。良枝は視線を落として考え込んでいる。

認知症だと自分に言い聞かせていたが、対面するとつい強い言葉が出てしまう。

「ごめん、お母さん。もう少し歩けるようになったら、私が連れて帰ってあげる。お母さんを一人で放っておけないのよ。あの辺りも、何が起こるか分からないし」

先日の日曜日、実家を出たところで、家の方を見ている若者がいた。なぜか気にかかって、思い切って何をしているか聞いてみた。若者は謝ると同時に歩き出していた。どこかで見たことがある。歩きながら考えていたが思い出せない。気の弱そうな若者だった。電車に乗ったとき、家族で駅前のレストランに行ったとき、剛志が見ていた若者だと思い出した。

「すいませんねえ。お世話ばかりかけて」

良枝が恵美に深々と頭を下げた。

8

日常の任務はこなしながらも、中村は落ち着かなかった。

長岡の家族に触れて長い間忘れていた両親と妹のことを思い出したからか。

長岡がなぜ自分を気にかけてくれていたのか、分かったような気がした。同時に自分の中の空白がますます明確になり、大きくなっていくような気もする。

「中村、おまえ、長岡さんの家に行ったのか」

ベッドから青山の声が聞こえる。

「断り切れなくて」

「おまえのこと、心配してるんじゃないの。俺だって心配したくなるものな。ほっておけない。あまりに頼りなくて」

長岡も同じことを言っていた。やはり自分は頼りない、人に心配ばかりかけているのか。

「でも広島であの子供を助けたとき、見直したよ。尊敬もした。実は俺、あの家はあのまま土砂に呑み込まれると思ってたんだ。誰かが行かなきゃならない。俺だったらどうしようと思ってた。だからおまえが志願したとき、助かったと思った。そう思ったのは俺だけじゃないはずだ」

中村は答えられなかった。自分はそんなに大それたことをしたとは思ってもいない。命が危険なほどの救出だとは考えなかったし、隊の中で自分がいちばん小柄で軽く、最適だと思ったから志願したのだ。決心してから恐怖はなかった。少年を救助することで頭はいっぱいだった。

むしろ不安になったのはその後だった。少年の両親と妹が亡くなったと聞かされてからだ。助けなかった方がよかったとさえ考えたこともある。中村は事故のとき、なぜ自分だけが助かったんだ、両親や妹と一緒に逝きたかった。そう思ったことが何度もある。

「長岡さん、なんで自衛隊に入ったんでしょう」

「聞いてみろよ。おまえと一緒だったりして」

青山の、半分眠った声が返ってくる。

「僕が入隊した理由、話したことないですよね」

「みんな似たようなものだろ。俺は――」

聞こえてくる声が小さくなった。

自分と同じように、どこにも行き場がなかったから長岡も自衛隊に入った。だから、自分のことを気にかけてくれる――そんなことはないと、考えを振り払った。

上のベッドからはいびきが聞こえてきた。


叔父からの電話はなかった。

喫茶店で別れたとき、かなりあわてている様子だった。何かあったと思ったが、考えないようにしている。

長岡の家に行った次の休日に、アパートの部屋で一人天井を眺めていると、純一の手紙が頭に浮かんだ。近くに中学二年生の男の子が引っ越してくるかもしれません。そう書いてあった。

「よかったな、ジュン。あの辺り、年寄りばかりだものな」

思わず声に出していた。

その日の午後、中村は迷った末、再び多摩に行った。

前に来たときと同じ、道路の角に立っていた。通りの中ほどに純一の住む家が見える。

背後に丘陵が続く静かな住宅地、同じ場所に長時間立っているのは目立った。何人かの老人たちが中村の前を通りすぎていく。不審そうな視線を向ける者もいる。

「どうかしたの」

突然の声に振り返った。

中年の女性が立っている。水色のチュニックに白のパンツ。センスのいい服を着こなした今風の綺麗な人だ。

「何でもありません。ちょっと疲れたので――」

「この辺りはお年寄りが多いのよ。用もなしに長い時間立ってると不審に思われるわよ。誰かを待ってるの？」

「ごめんなさい。気を付けます」

中村は頭を下げて、その場所を離れた。

角を曲がる前に振り向くと、女性はまだ中村の方を見ている。あわてて角を曲がる。小走りで駅に向かった。

スマホが鳴り始めた。画面に青田市の表示が出ている。中村はそのままポケットに戻した。

第四章　傷跡

1

剛志は塾の教室を抜け出して、駅近くの通りを歩いていた。

授業を受けていても、頭に浮かぶのは優司たちのことだ。おまえも共犯だからな——この言葉が忘れられない。僕が何をしたというのだ。山本をクビにしてやる、とも言っていた。山本のスマホが女子トイレで発見され、盗撮を疑われているのと関係しているのだろう。

この近くに山本が住むマンションがあるはずだった。山本の自宅に遊びに行ったという女子生徒の話を思い出していた。

小さな公園があった。剛志は入って、ベンチに腰を下ろす。

山本の家族のことまで考えると、気分が落ち着かなかった。このままだと山本は職を失い、家族は路頭に迷うのではないか。自分は何もしていない、関係ない。言い聞かせてみるが、やはり平静ではいられない。

公園前の道を数人の中学生が話しながら通りすぎていく。塾が終わったのか。気が付くと三十分近くがすぎていた。帰ろうとデイパックをつかんで引き寄せた。

「何してるんだ。こんな時間に。中学生だろ」

突然声をかけられ、顔を上げる。男が立っていた。

「田久保じゃないか」

山本だった。Tシャツにトレーニングパンツ姿で、剛志を見下ろしている。

「塾の帰りです。駅の反対側の塾に行ってます」

山本は首にかけていたタオルで汗を拭きながら、隣に座った。

「生徒には会いたくなかったな。色々聞いてるんだろ、今回のことについて。まいったよ、こんなことになるとはな」

「学校には来てないんですか」

「行ける状態じゃない。近日中に学校が会見を開くだろう。噂はもう広がってる。隠し切れるものじゃない」

「どういう話なんですか」

「調査中ということかな。一貫して、僕は知らないと言ってるが、学校と教育委員会は信じてないだろうな。真偽より、どういうタイミングと方法で公表すれば、学校と教育委員会に与えるダメージが少なくなるかだ。もう遅いと思うけどね。僕は警察に調べてほしいと主張したんだが。彼らは警察の介入を極端に嫌ってる。スマホの指紋が消えないように、気をつけて扱ってほしいとだけは言ってある」

山本が深い息を吐いた。

「そんなこと、僕に話していいんですか」

「いいさ。もう失うものは何もない」

「先生は何をしてるんですか、こんな時間に」

「ジョギングだ。この時間はいつも走ってた。生徒の見回りをかねてな。今はそういう気分じゃないんだが、家にいると気が滅入ってな。いたずら電話も多いし。電話線を抜いた。正直、そろそろ限界だ。僕もだが、家族がかわいそうだ。奥さんは信じると言ってくれてるが、外出は避けてる。人目が気になるんだろう。子供が小さくてよかったよ」

山本の子供は、四歳の女の子だと聞いたことがある。

「悪かった。やっぱり生徒に話すことじゃないな」

山本が顔を上げた。車のヘッドライトの光が通りすぎていく。山本のやつれた顔が浮かぶ。

「来週から期末試験だな。いつか言ったよな。僕は田久保には期待してるんだ。頑張れば学年一番だって狙える」

剛志は黙っていた。今の成績は三百人中、百番程度だ。

「勉強する気はあるのか。それが歯がゆくてな。実は、僕も第一志望の私立中学を落ちた。第二志望には入ったが、自分はこんな中学に来る人間じゃないと思っていたんだ。でもある先生が僕の根性を叩き直してくれた」

山本の顔は暗くてよく見えなかった。

「おまえと同じパターンだった。最初のテストはよかったが、その後は急降下だ。中学受験で勉強した貯金があるんだ。それもすぐに底をつく。おまえを見てると中学時代の自分のようだ。だから、他の大人より多少は気持ちが分かる。中学時代は二度とないぞ。自分の置かれた環境で努力することも大事なことだ」

「なんて言われたんですか。その先生には」

「おまえは受験に落ちて、人生からも落ちるつもりかって。その日は眠れなかったよ。まあ、そんなに単純じゃなかったんだがな。それまでにも、その先生には色々言われてた。勉強以外のこともな。スポーツ、読書、音楽や旅行、それに友達。そのための部活だし、学校がある。でも、その気にはなれなかった」

公園の横の道を自転車が通りすぎていく。車のライトの光芒が公園を照らした。山本は顔を伏せている。タオルで顔をぬぐった。

「人には波長ってのがあるんだろうな。そのときの僕には響く言葉だった。それから、本気で勉強を始めた」

「成績は上がりましたか」

「上がったよ。一番にはなれなかったが、そこそこには回復した。それに色んなことに興味が広がった。教師になりたいと思ったのも、そのころだ」

笑い声が聞こえてきた。数人の人影が通りを歩いていく。

「早く帰れ。もう遅いぞ」

山本が剛志の肩を叩いて立たせた。行けよ、と言って背中を押す。剛志は公園の出口に向かって歩き始めた。

通りを渡って振り向くと、ベンチの前に立つ黒い影がまだ剛志の方を見ている。剛志は、あわてて駆け出していた。

翌日の放課後、帰ろうとしていると優司たちが寄ってきた。剛志を座らせ、クラスの他の者が出ていくのを待っている。

「おまえ、引っ越しするんだってな」

「まだ先の話だよ。そういう話があるってだけ」

他のクラスメートと夏休みの予定について話しているとき、僕はここにいないかもしれないと何気なく言った記憶がある。それが優司らの耳に入ったのか。

「ヘンなこと考えてるんじゃないだろうな」

「ヘンなことって、何だよ」

「バカなこと言ったりすると、半殺しにしてやるからな」

目の前に優司が拳を突きつけた。「山本の野郎、まだしつこく無実を訴えてるんだって。いい加減に認めればいいのにな、あのエロ教師」

「先生だって家族があるだろ。学校辞めたら、生活ができなくなる」

「俺たちを目の敵にしてバカ扱いするからだ。あの野郎、ザマアみろだ」

「僕にはそんな風には見えなかった」

「おまえがにぶいからだ。あいつの態度を見りゃ分かる」

「スマホを女子トイレに置いたの、おまえらじゃないのか。だったら――」

剛志は顔に衝撃を受け、バランスを崩して床に倒れた。口の中が生暖かく、鉄の味がする液体で溢れた。

「どうするって言うんだ。おまえ、このごろ生意気だぞ。おまえの敵《かたき》も取ってやったんだから」

「やっぱり、おまえらか」

「証拠があるのか。いい加減なことを言うと、承知しないぞ。あいつが盗撮しようとしたんだ。人気者の熱血教師の化けの皮がはがれたんだ。あいつはエロ教師なんだよ」

優司が剛志を睨んで言い切った。まわりの者は薄ら笑いを浮かべている。

その夜、剛志はなかなか眠れなかった。目を閉じてしばらくすると、山本の顔が浮かんでくる。舌で口の中を探ると傷がはっきり分かり、鉄の味が広がるような気がする。

公園で話した山本の言葉が蘇った。剛志を睨む優司の顔も浮かぶ。

優司たちがやったのか。優司たちが関係ないのなら、やはり山本が……。剛志はその考えを振り払った。山本はそんなことはしない。優司たちの仕業だと言い切れる自信もなかった。彼らを仲間だと思って、助けられていた時期もあったのだ。

2

訓練を終え、宿舎で着替えているときにスマホが鳴った。青田市の表示だ。今日で三日連続、出ないわけにはいかないだろう。叔父のことだから何をやるか分からなかった。

中村はスマホをタップした。

〈なんで電話に出ない〉

叔父の怒りを含んだ低い声が耳を打つ。

「気が付かなくて」

〈ウソ言え。何度電話したと思う。俺と話したくないんだろ〉

「そんなことありません。訓練がきつくてクタクタなんです」

〈どいつもこいつも、俺のことバカにしくさって〉

叔父の吐き捨てるような声が返ってくる。〈おまえ、アパートを借りたと言ってたな。場所はどこだ〉

中村は黙っていた。

〈どこだって、聞いてるんだ。言いたくないのか。調べることなんて簡単なんだぞ〉

「僕だけの部屋じゃないんです」

〈まさか、女と住んでるんじゃないだろうな〉

「友達と共同で借りたんです。家賃、高いから」

中村は初めて叔父にウソを言った。

〈青山じゃないだろうな。あいつは不良だぞ〉

「違います。別の友達です」

〈友達は自衛隊の奴だろ。だったら、泊まるのは土日だけだよな。平日は誰もいないんじゃない

のか〉

「友達の弟が住んでます。だから、僕はほとんど家賃を払っていません」

〈とにかく出てこい。この前の喫茶店だ。明日の午後までに外出届を出しておけ。できないなんて言うなよ。俺は自衛隊については詳しいんだ。叔父さんが危篤とか、親戚が死んだとか、何とでも書けるだろ。明後日の夜七時、必ず出てくるんだぞ。今度電話に出なかったら承知しないからな〉

叔父は念を押して電話を切った。

中村はスマホを持ったまましばらく動けない。暗く重い気分が心を覆っていた。


駅前の喫茶店で叔父は待っていた。中村が席に座ると同時に聞いてくる。

「銀行のキャッシュカード、持ってるか」

突然の問い掛けに、中村は考える間もなく頷いていた。

叔父が立ち上がった。中村の腕をつかんでレジに向かう。水を持ってきたウェイトレスが驚いた顔で見ている。

「十万でいい。頼むから」

店を出ると、中村の前に回り、両手を合わせた。周囲を歩く人がうさんくさそうに二人を見る。

再び腕をつかまれて無人のATMに行った。機械の前で、叔父が中村にキャッシュカードを出すように言う。中村がカードを差し込むと覗き込んでくる。

中村は暗証番号を打ち込み、十万円を引き出した。

叔父が十万とともに、キャッシュカードと明細書を抜き取る。

「この野郎、まだ四十七万もあるじゃないか」

叔父は再度キャッシュカードをATMに差し込み、勝手に操作を始めた。

「全部とは言わん、五十万だけだ。あとは残しておくから」

引き出した十万円と四十万円を合わせてポケットに入れ、キャッシュカードを中村に返すと、肩を叩いて外に出た。その間五分ほどで、中村に考える余裕はなかった。

「おまえなあ、誕生日を暗証番号に使うなんてバカだ。変えた方がいいぞ。財布を落としたらどうする。カードと身分証明書が入ってるだろ」

中村は自分の誕生日を叔父が覚えているのに驚いていた。

駅に向かって歩き始めたところで、声をかけられた。

「真一くん、中村真一くんじゃないの」

振り向くと長岡一等陸曹の奥さんがスーパーの袋を提げて立っている。横にいるのは下の子だ。

中村は無言で頭を下げた。奥さんの視線が叔父に移る。

「じゃ、俺は行くよ。ありがとな。また電話するよ」

叔父は奥さんをじろりと見ると、駅の方に歩いていった。

「叔父です。近くに来たので、寄っていったんです」

中村は叔父を目で追いながら言った。叔父は一度も振り向きもせず、改札を入っていく。

「また食事に来てね。うちの子たちも、あのお兄ちゃん、また呼んでって。中村くんのファンなの。優しいから子供に好かれるのね」

そう言って、子供の頭をなでた。女の子が中村を見上げて、恥ずかしそうに笑った。


「遅かったな。おまえが夜出かけるなんて珍しい。まさか、デートじゃないだろ」

部屋に入ると、二段ベッドの上から青山が顔を出した。ベッドの端にあごを乗せて中村を見つめてくる。

「おまえ、叔父さんに会ったのか」

中村は答えない。青山がベッドから降りてきた。

「会ったんだな。おまえが死んだような顔をしてるときは、いつだって叔父の野郎が関係してる。いくら取られた」

やはり中村は黙っていた。

「おまえ、コケにされてるんだよ。だまされてカモにされてるんだ。な、言ってみろよ」

「全部じゃありません」

中村は消えるような声で言った。

「全部じゃないって、おまえ――」

「ＡＴＭに行って、キャッシュカードで……」

「いくらあったんだ」

「五十七万円。五十万引き出しました」

「ATMでの一日の引き出し限度額いっぱいじゃないか。言っただろ、絶対に会うなって」

「でも、ちょっとの間だって。返してくれます」

「おまえ、本気で信じてるのか」

中村は無意識のうちに頷いていた。

叔父が自分の誕生日を覚えていたことに、妙な感動を覚えていた。中村の生まれた日など、この世で知っているのは、もう自分だけだと思っていた。

青山が呆れたという風に、大げさに両腕を広げている。

「信じられないな。おまえのいちばん近い身内だろ。くそっ」

青山が本気で腹を立てている。自分のために怒る青山がありがたくも、怖くもあった。

「昔、育ててもらったし。もういいですよ」

「親戚なら当然だろ。それも兄貴の子供だ。俺だったら喜んで育ててやるぜ」

青山には兄がいて、その子供が小学生になると言って、写真を見せてくれたことがある。驚いた。小学校入学前の小さな子供が金髪のモヒカン刈りで、革のジャンパーを着ていたのだ。ピースサインをして笑っていた。後ろでおどけた顔をしているのは青山だった。

目の前の青山が突然真剣な表情になった。

「おまえ、親父の家があったって言ってたな。それ、どうなってる」

「知りません」

考えたことはあるが、調べようがなかった。叔父に聞くことは、なぜかためらわれた。

「市役所に問い合わせればいいんじゃないのか」

「考えたことないです」

「祖母さんの家だってあったんだろ。借家じゃなくて持ち家だって言ってたな。こっちは、おまえに権利はなさそうだけど」

考え込んでいた青山がスマホを出した。「久美ちゃんか、ちょっと聞いてもいいか」と、通話を始める。

時々頷きながら、十分以上話していた。

「おまえの親父の家、埼玉だって言ってたな。見に行かないか」

「もう十年近く行ってないです。どうなってるか分かりません」

「だから行くんだよ。おまえと家族がいたところだろ。見たくないのか」

中村は答えることができない。家族と言われても実感が湧かなくなっている。

「今度の休み、俺が一緒に行ってやるよ。おまえの親父の家がどうなったか、調べてやるぜ」

「いいです。たぶん、もう他人の物です」

「そんなの分かってる。どういう経緯で、そいつの物になったかを調べるんだ。おまえの親父が苦労して買った家なんだろう。おまえにはどうなったか知っておく義務がある」

青山が二段ベッドの上に戻っていく。「その家には十年近く住んだんだろ。どうなったか、興味はないのか」

「ありますけど、今さら調べても――」

本当は怖かった。両親がローンを組んで苦労して手に入れた家に、今は他人が住んでいる。考えると憂鬱な気分になった。

「叔父の野郎が関わってるのは間違いないぜ。おまえの親父の家だ。知る権利があるし、知っておかなきゃならないだろ」

青山が繰り返すが、中村は答えられなかった。今さらという気持ちもある。考えてどうこうなるものでもない。

3

田久保は珍しく定時に気象庁を出た。

竹橋駅の改札でICカードを出していると、志保が追ってきた。白いブラウスにスラックス姿だ。最近は職場の空気に合わせて、地味な服装が多い。

「時間、ありますか。質問があるんです。気象予報士の試験問題について」

息を弾ませながら言った。田久保は時計を見た。

「仕事中に聞けばいいのに」

「いつも、忙しそうにしているから。時間はとらせません」

「どこかに入りましょう」

田久保は話のできる場所を考えながら、階段の方に戻ろうとした。

「私の家、ここから四駅です。田久保さんの帰宅の途中でしょ。寄っていきませんか」

「杉並に住んでるんじゃないんですか。お子さんを迎えに行かなきゃならないって言ってたし」

「杉並は実家です。杉並の区民会館の学習会には、母のところに行ってて参加しました。今日、子供は母のところに行ってます」

志保が田久保を見つめている。黙っていると、背中を押されるようにして改札を通った。

志保が住んでいるのは、駅から十分ほどの小綺麗なマンションだった。

「狭いんですよ。娘と二人だからちょうどいいんだけど」

入ったところがキッチンで、奥に二部屋あるという。

キッチンには小さなテーブルと椅子が二つ。母と子の二人暮らしだが、どことなく華やいだ感じがした。

田久保は落ち着かなかった。妻以外の女性の部屋に入ったのは初めてだ。小太りで容姿に自信のなかった田久保は、女性に対しては昔から消極的だった。

「座っててください。今、コーヒーを淹れますから」

志保の声色が少し変わっている。親しみよりも馴れ馴れしさを感じさせるものだが、田久保には新鮮に思えた。

「お子さん、おいくつですか。女の子と聞きましたが」

「来年から小学生。大変になりそうです。今でも、色んな行事で大忙しなのに」

「ますます実家のお母さんの力が必要ってことだ」

「そうもいかないんですよ。拒むの面倒だし、色々説教されるのも嫌だし」

「説教といっても――志保さん、もう大人でしょう」

「定職に就け、もっと堅実な生活をしろなんてことです。だから家を出たんだけど」

「志保さん、十分に堅実じゃないの。バイトだけど堅い職場だし」

「親も含めて、親戚は私が離婚したことが気に入らないんですよ」

「なぜ別れたんですか」

口に出してからしまったと思った。聞くべきことではなかった。志保は気にしているようには思えないが。

「色々あったから――まあ、私が悪いのかな。母は私が彼を傷つけたって言うし。彼、いい人だったんです」

志保は言葉を濁しながらも、自分に言い聞かせるように話している。田久保はそれ以上聞くのをやめた。

インスタントだけど、と志保がコーヒーカップを二つテーブルに置いた。

「大変なんじゃないですか。一人で子育ては」

「そうでもないです。色々協力してくれる人もいるし。東京に親戚が多いんです。同じような友達もいるし」

経済的なことを聞こうとしてやめた。あまり深入りしない方がいい。

「田久保さんちは、奥さんが大手広告代理店のやり手なんでしょ。都築さんが言ってました」

「広告代理店はもう辞めたんだ」

「なんで辞めたの？　花形だし、給料もすごくいいって聞いてます」

「彼女の母親が具合が悪くなって、看病がありますし」

妻はそう言っていたが、田久保には理解できないところもある。

「親の介護ですか。今、多いらしいですね。親戚でも集まるとその話。私に手伝いに来いっていう親戚もいるし」

志保がテーブルに肘を突いて田久保を見つめている。田久保は思わず視線を外した。

「奥さんとはうまくいってないんですか」

志保が突然聞いてきた。

「どうしてそう思うのですか」

「帰りはいつも遅いし。楽しそうな顔してるの見たことないし」

「うちの課はみんな遅い。呼び出されたら、深夜でも駆けつけるし。台風どきには泊まり込みも多いですよ」

「そういうものなんですか」

首をかしげている。

田久保は戸惑っていた。志保のような女性と二人きりで話すのは初めての経験だった。まして、部屋にまで入るのは自分でも信じられなかった。

「気象予報士の問題で分からないっていうのは？」

「ここなんですけど――」

志保がカバンから出した参考書を広げて、田久保の方に身を乗り出してくる。若い女性らしい化粧の匂いが田久保を包んだ。

二時間近く教えて、田久保は志保の部屋を出た。

駅に向かって歩きながら軽く息を吐いた。志保の部屋にいる間中、緊張していたのが分かった。脳裏には、志保のどこか男を挑発するような仕草と口調が残っている。こんな気持ちは初めてだった。

今度、食事をご馳走します、という別れ際の志保の言葉が耳の奥にある。


翌日、志保を見ると昨日のことなどおくびにも出さずに振る舞っている。田久保と目が合ったときも、知らん顔をした。あれは夢だったかと田久保が考えてしまうほどだった。

午後になって、都築が田久保のところにやってきた。

「突然の話で、断ってもいいんだ」

そう前置きして話し始めた。「川端が明日、広島に入ると言ってる。おまえはどうする」

「週明けじゃなかったのか」

「土砂崩れで被害に遭った住民の集会が土曜日にあるらしい。それに出たいそうだ。おまえもそうかと思って」

確かに出た方がいい。ただ、明日は恵美と剛志と自分、家族で多摩の義母を見舞って、恵美の実家に行く予定だった。

「都合が悪いのか」

黙っている田久保に都築が聞く。「おまえだけ遅れて行っても構わないよ。急な話なんだから」

「住民集会には、僕もぜひ出席したい。川端さんには同行すると、伝えておいてほしい。じゃ、僕は準備があるから」

田久保はパソコンに向き直った。

恵美には何と言えばいい。最近、彼女は精神的に不安定になっている。ささいなことにも妙につっかかってくることがあるし、ちょっとしたことに涙ぐんだり、ふさぎこむ。

田久保は深いため息をついた。

志保が田久保の方を見ている。最近、時々こうした場面があったのに気付いた。

パソコン画面に集中し、広島に持っていく資料の作成に取り掛かった。


その日、家に帰ったのは午後十時をすぎていた。

恵美には電話で伝えようかと思ったが、どう切り出せばいいか分からなかった。考えているうちに、時間ばかりがすぎていた。

恵美はキッチンで片付けをしていた。田久保の顔を見て椅子に座る。

「何か言いたいことがあるんでしょ。あなたがそういう顔をしてるときは」

「明日、広島に出張することが決まった」

「出張は週明けじゃなかったの」

「突然決まったんだ」

「明日は三人で多摩に行くって言ってたでしょ」

「本当に急に決まったんだ。剛志と二人でも構わないだろ」

「私一人で引っ越しのこと決めてもいいってことね」

強い口調の言葉が返ってくる。

「僕が何を言っても、最終的に決めるのはいつだってきみだ」

「あなたは、興味がないんでしょ。気象以外のことは」

「きみだって、広告の仕事以外は興味がないんだと思っていた」

「きっぱり辞めたわ。私の頭には、仕事については何も残ってない。綺麗にね」

恵美の声が一段と大きくなった。

「驚いてる。そんなに割り切れるものなのかって」

「女ってそういうものなの。後ろ髪を引かれるなんてない」

「きみだからじゃないのか。十年以上一心にやってて、少しの未練もないなんて信じられない」

「やめましょ。そういう話。あなたこそ、多摩には行きたくないというのが本音じゃないの」

「行くと言っただろ。そのことについては解決してる」

田久保にとって住むのは横浜でも多摩でもどちらでもよかった。通勤時間は多摩の方が二十分長いが、大した問題ではない。

「明日は早く出なきゃならない。僕は用意をして、早めに寝るから」

恵美が口を開きかけたが、何も言わず立ち上がってキッチンを出ていった。

4

翌朝、恵美は田久保が家を出るときベッドの中にいた。どうしても起きる気にならなかった。ほとんど眠れなかった。田久保が多摩に来なくても構わないのだが、無性に腹立たしい。家族の都合で振り回されている田久保を気の毒に思うものの、恵美は自分だけが空回りしているような気がする。

ドアが閉まる音を聞いてからベッドを出た。

食事の用意が終わり、剛志を起こしに行かなければと思っていたところに、本人が起きてきた。ここ数日、剛志が素直になった気がする。反抗的な態度も少なくなって、別人かと思うほどだ。

多摩への引っ越しの話はしないが周知の事実として受け止め、恵美の言葉を待っているようだった。

「父さんは？　多摩に行くんだろ」

「出張で行けなくなったそうよ」

「前に言ってた、広島の土壌調査だね」

「あんた、そんなこと聞いてたの」

「母さんだって聞いてたはずだよ。頷いていたもの。僕はいつも途中までしか聞いてなかったけど」

恵美は思い出そうとしたが記憶から抜けている。この数週間は母親のことが頭を占めて、他は上の空だったことが多い。

昼前に恵美は剛志を連れて家を出た。

病院に寄ってから、実家に行くつもりだった。掃除が終わった実家に剛志と行くのは初めてだった。

今日は田久保も含めた三人で部屋の使い方も決めるつもりだった。今のマンションよりも部屋が多くなり、全体の面積も広くなる。リビングは十二畳だ。広めのキッチンは父が亡くなる前の年に改装していた。

一部屋は良枝のベッドを入れるとして、寝室を二人で使えば、田久保の書斎が確保できる。恵美なりにいろいろと考えていたのだ。それが急に田久保が出張で来られなくなってしまった。

「お祖母ちゃんがおかしなことを言っても、笑っちゃダメよ。病気なんだからね」

病院に向かう途中、恵美は剛志に念を押した。

「前に来てから、もう十回以上言われてる。お祖母ちゃん、僕にはそんなにヘンには思えなかったよ。前に会ったときだけど」

恵美はホッとした。その一言で剛志の今までの反抗的な態度を許し、受け入れる気分になれる。

良枝は前と同じ部屋にいたが、他の患者は半分が入れ替わっている。退院したのか、それとも

――。

剛志が土産に買ってきたシュウマイを良枝に差し出した。

「お祖母ちゃん、僕のこと分かるかな」

「何言ってるの、当たり前でしょう。剛志ちゃんだね。昔はよく遊びに来てたでしょう」

剛志がベッドの前に立つと、良枝は何ごともなかったように答える。

「なんだ、しっかり覚えてるじゃない」

剛志は肩の力が抜けたようだ。「前に来たときは名前が出てこなかったんだ。お祖母ちゃん、もう一度僕の名前を言って」

「剛志ちゃんだろ。なんだか私のこと、バカにしてない？」

笑っている良枝は入院する前と同じだ。

病院で一時間近くすごした。剛志がいるせいか、良枝は機嫌がよく、記憶の方もはっきりしていた。

やはり看護師の話は大げさだ。会話も十分に成り立っている。時々、お祖父さんも呼んでおいで、などと言うが、剛志は「分かった」と答えて、恵美の方を見てニヤリとする。

「昼を食べてから家に帰ろうか。ここも、もう長いからね」

良枝が突然言い出した。ベッドの手すりをつかんで降りようとする。

「やめてよ、お母さん。どうしたいの」

「私は早く家に帰りたい。もうずいぶん家を留守にしてるでしょう」

「お母さん、歩けないでしょ。帰ると一人よ。食事の用意だってできないし。一人では生活できないのよ」

「また私をバカにして。お祖母ちゃんも待ってるし」

お祖母ちゃんというのは良枝の母親のことだ。まだ生きていると錯覚しているらしい。

「私が先に帰って、掃除するからね。お母さんはそれから」

何とかなだめて剛志と病室を出たところで、看護師が追いかけてきた。

「いい機会なのでお母さまのことでお話があります」

看護師が剛志を見た。

「僕も聞いていいでしょ」

看護師に連れられ、病院のカウンセリング室に行った。

「あとしばらくで骨折の治療は終わります。その後のことを考えていただくよう、ドクターから指示が出ています」

「それは前にも聞きました。すぐというのは難しいですが——」

恵美は言葉に詰まった。

「昨夜も家に帰ると言い出して、ベッドから降り始めたんです。ちょうど巡回に来た看護師が見つけて、あわててとめました。骨折はよくなっていますが、体力はかなり落ちています。やはり一人で歩くのは無理があります。転んだりしたら大変です」

看護師は言葉を選びながら話しているが、次の受け入れ先を急いで探してほしいというニュアンスが十分に感じられる。

「時々、家に帰ると声を荒らげることもあります。足のリハビリもありますから、あとしばらくの入院は仕方ないとしても、まわりの方もいらっしゃいますから」

看護師は言いにくそうだった。まわりの方——看護師も含まれているのだろう。

「誰かが夜、付き添ってくれるならありがたいのですが」

「私が住んでいるのは横浜です。ここまで一時間半はかかります」

「しばらく、横浜のお宅に引き取るというのはいかがでしょう」

看護師は簡単に言うが、ムリな話だ。良枝が拒むだろう。

「どこか施設を紹介していただけませんか。前には、そういうことをおっしゃっていました」

「病院の提携しているリハビリ・センターがあります。ただし、そこも三ヶ月が限度です」

ベッドでぼんやり座っている母親からは、看護師の言うような姿が想像できない。むしろ、前よりおとなしく、無気力になっているように感じる。

これでは引っ越しを早めるしかない。


病院を出て二人で実家に行った。通りには相変わらずひと気はない。

角に差し掛かったとき、前に来たときに出会った青年を思い出した。小柄だが、陽に灼けた引き締まった身体をしていた。声をかけると逃げるように行ってしまった。もっと優しい言葉をかければよかったか。

鍵を開けて中に入った。独特のにおいがする。古い家というだけではない。どう表現していいか分からないが、年寄りのにおいということなのだろうか。慣れるまで時間がかかりそうだ。

「綺麗になったでしょ。ゴミを運び出すのにひと月以上かかったんだから」

恵美は良枝の部屋の前に立った。剛志が覗き込んでくる。彼なりに興味は持っているのか。

剛志は何も言わず、部屋を見て回っている。

「お祖母ちゃんの部屋は前のところ。剛志は二階がいいんでしょ。昔、お母さんが使ってた部屋よ」

「どこでもいいよ」

「友達のうちに行って二階の部屋が羨ましいって言ってたでしょ。フローリングだから、ベッドと机を置くのにちょうどいいし。今の部屋より広いわよ」

あとは、十二畳の部屋と八畳の部屋。広い方を夫婦の寝室にすれば、田久保の書斎ができる。自分も一人になれる部屋がほしいが我慢しよう。

剛志が通りに面した部屋の窓から外を見ている。

「何見てるの」

恵美は剛志の横に行った。

一軒おいて隣の家の庭に老夫婦と子供が出て、花壇の前にしゃがみ込んでいる。何かを植えているようだ。

「この間話した子よ。両親と妹が亡くなって、お母さんの実家に引き取られたんだって。中学一年生、剛志の一年下。仲良くするのよ。ここじゃ、あの子の方が先輩なんだから」

剛志は無言のまま、キッチンに行った。恵美は追いかけた。

「よさそうな子よ。しっかり挨拶もしたし。剛志もちゃんとするのよ」

途中のコンビニで買ってきた弁当を二人で食べた。隣の家に挨拶しようかとも思ったが、田久保がいるときに行くことにした。

一段落すると、恵美は看護師に言われたことを考えていた。

「引っ越しのことだけど――」

「いつでもいいよ。どうせここに来るのなら」

恵美が遠慮がちに発した質問を、剛志が遮るように言った。

「だったら、夏休みに入ってすぐはどう」

「僕はいいよ。明日だって」

剛志も看護師の言葉を聞いていたのだ。

「学校はどうするのよ。期末試験だってあるでしょ」

ふと、担任の山本のことが頭に浮かんだ。先生はどうしたか聞こうとしてやめた。あれから、学校を休んでいるらしい。

噂では県の教育委員会にも呼び出されたと聞いた。いずれは辞めることになるだろうというのが、耳に入る大半の意見だった。

時計を見るとまだ三時を回った時間だ。これから病院に戻って、もう一度、母を見舞う。それには体力と気力が必要だ。今日の恵美にはそれだけの力が残っていない。

「帰る前に、山の方に行ってみようか」

恵美は提案した。

「お祖母ちゃんに会わなくていいの」

「剛志はこの辺りの山には詳しいんでしょ。夏休みは毎日、山に行ったり川に行ったりって、お祖母ちゃんが言ってた」

恵美は剛志に連れられて山の方に行った。

なだらかな丘陵地の林が続いている。彼方に見えるのは高尾山だ。小学生のころ遠足で来て、木々の間を走り回った記憶がかすかに蘇った。夏の草木のにおいと秋の落ち葉の音。紅葉の時期は絵に描いたようだった。

恵美は立ち止まって目を凝らした。横で剛志も前方を見詰めている。

山のすそ野から中腹にかけて、黄土色の山肌が露出している。大きく削られているのだ。山の上方の一部にはソーラーパネルが並んでいた。近年整備された太陽光発電関連の施設なのだろう。

「ずいぶん変わってる。僕が来てたのは、四年も前の話だから」

剛志が前方の景色を見ながら言う。

すそ野の方は平らにならされて、宅地として売り出されている。多摩の開発はまだ続いているのだ。

「二十一世紀多摩ニュータウン」という看板を見ていると、ヘルメットを被った若い男がやってきた。

「宅地をお探しですか。この辺り、いいですよ。都心にも近いし、山あり川ありで環境も抜群です。すでに多数が売約済です」

区分図を見せながら言う。確かに、碁盤の目に区切られた区画の三分の一以上に済のハンコが押してある。

「私の家は多摩センター地区にあります。この辺り、数年前まで山でしたよね」

「そうですね。都心までの交通の便がよくなって新しい宅地造成が進んでいます。今がお買い得ですよ。これから、交通はますます便利になりますからね。価格も上向いています」

「宅地はこれからも増えるんですか」

「増えますよ。人口減少なんて言ってますが、この辺りは増えてます。特に若い人が。新しく小中学校もできますしね」

「あまり売れてないんでしょ。売約済だって言ってるけど、本当なの？　真ん中から売れてるなんてね。普通こういう宅地って、道路に近い外側から売れるでしょ」

男は区分図から顔を上げ、恵美を改めて見た。

「まいったな。お母さん、住宅関係の人ですか」

「広告関係に勤めてた。昔、宅地の売り出しの仕事をやったことがあるの。そのとき、宅地について勉強したのよ。少しだけど」

恵美はしばらく男と話してその場所を離れた。別れるとき男はニュータウンのパンフレットと名刺を渡してきた。恵美の連絡先を知りたがったが、笑ってごまかした。

病院の前を通るとき、どうしても寄る気になれずそのまま駅に向かった。剛志も何も言わない。

電車に乗ると急に疲れが出た。昨夜は田久保の突然の出張話で神経が高ぶり、あまり眠れていない。

看護師の話が蘇ってきた。母親の認知症が進んでいる。信じたくはないが、事実だろう。ベッドから降りようと、大声を出している良枝の姿が浮かんできた。

私だけでも早くこちらに来よう——。外を見ていると、涙が出そうになった。

5

田久保は東京駅で川端と合流し、広島に向かった。

安佐北区の土砂災害の現場に行くと、三年前の状況がありありと脳裏に浮かんでくる。実家は山から流れ落ちてきた土砂に押し潰された。両親が見つかったのは、災害が発生して三日目だった。父親は寝室、母親はキッチンで発見された。

田久保は道路の端に立って、住宅地を見渡した。ほとんどが更地で、土砂災害で被害の少なかった家が残っているだけだ。それも半数程度しか住んでいないという。

現在、この地域では、広域避難路「長束八木線」の建設が始まっている。道路の下には、直径七メートルの雨水管が敷設《ふせつ》され、大雨のときには雨水を貯蔵して下流に流す。避難路の建設には多数の住民が立ち退き対象となり、町の分断にもつながるとの声がある。

気が付くと、横で川端が手を合わせている。田久保もあわてて川端にならった。この辺り一帯で五十人以上の住民が亡くなっている。

「なんだか、刑事が殺人現場を調べるみたいですね」

「そうじゃないのか。ここで人が死んでる。私たちの仕事はその原因を突き止め、その防止方法を探って二度と犠牲者が出ないようにする。刑事と違うのは、突き止めた犯人を捕まえても刑務所に入れられないくらいだ。犯人はすでに分かっている。雨と土、自然だ」

しかし、と続けて、川端は滑り落ちた土砂の跡を晒している山に目を向けた。「犯人を自然と決め付けるのは不遜な話だ。あの山肌を見ていると、大地の息吹を感じる。地球は生きてる。常に呼吸し、時とともに変化している。遅々たる変化だけどね。その穏やかな変化に人間が異物を放り込んでいるんだ。そのため、その変化が歪められ、狂わされている。そうは思わないか」

「話が哲学的になってきましたね」

「難しく考えないでくれ。家族と一緒だ。一人のちょっとした変化で家族全体が大きく変わる。良くも悪くもなるんだ。田久保さんだって経験があるだろう」

川端が笑いながら言った。

田久保は昨夜から今朝にかけての恵美のことを考えていた。出かけるとき、恵美の息遣いを感じていた。彼女はずっと起きていた。

「田久保さんの実家は、どこでしたか」

川端が住宅地を見回しながら聞いた。

田久保は自宅跡に行った。更地になって雑草が生い茂っている。あのとき以来、何度か帰省していたが、いつも相続や家の解体のための役所回りで時間がなく、こうして落ち着いて見たのは初めてだった。

「高校卒業まで住んでいました。父と母は四十年以上です。二人は山が崩れて家を押し流すなんて考えたこともなかったでしょう」

「だから我々、専門家が考えなきゃならない」

川端はここに住宅など建てるべきでないと主張している。宅地許可を出した役所が間違いだという考えだ。

「人災と言うべきだな」

「でも、五十年前に予想しろというのも無理がある」

「瀬戸内海沿岸の山は真砂土が多いってことは分かっていた。やはり宅地には不適切な場所だ。もっと調査をして、慎重に進めるべきだった」

川端が独り言のように呟いた。地質学者には地質学者としての思いと誇りがあるのだろう。

「田久保さんはここで育ち、両親はここで亡くなったんでしょう。思い入れは深いはずだ」

確かにその通りだ。

「出張を二日ほど早めたのは、〈広島土砂災害被災者の会〉が開かれると電話があったからだ。田久保さんは知らなかったの」

「僕はずっと東京暮らしでしたから。災害時も東京でした。両親の葬式と家の後始末で時々来るだけでした。それも最近は稀です」

「災害の翌年に立ち上げた会だ。今後のことを決めていこうって。こういう大規模災害は、一人の力じゃ何もできないからね」

「川端さんはずっと関係してるんですか」

「僕は会発足の半年後くらいからかな。相談を受けたんだ。土壌について話してほしいって。住民の方にとっては、まさに一からの出発だったからね」

川端は山に目を向けて懐かしむように話した。「あの災害は様々な要素が絡み合って起こったと考えてる。まず、宅地の開発業者が地権者から土地を買い上げた。半分は山だから高い値段じゃない。そして山を削り、造成地を作った。都市整備局がその造成地を宅地として認め、売り出された。建設業者が特別な対策もしないまま家を建てた。本来なら、どこかでストップがかかってもおかしくない。住宅地としては絶対に問題があるにもかかわらずね」

「やはり、国か県に責任があると思いますか」

「法律が古すぎる。まだ科学的に未熟な時期に制定された。近年になって分かってきたこともある。時代に即して、法律も変えていかなきゃならない。そうでなきゃ、科学技術の意味がない。特に人の命に関わることはね」

「この辺りはもう人は住まない方がいいと考えているのですか」

「考え方だな。地盤は住宅地に適していない。でも、環境は悪くない。愛着もある。少なからずの金をかけて、地盤対策をしてでも家を建てたければ建てればいい。私は遠慮するけどね」

川端は淡々としていた。「田久保さんは今日、気象について話してほしい。当時の気象でもいいし、今後のことでもいい。土壌と雨量の関係には、皆さん興味を持ってる。自由な勉強会だ。質問は結構出るよ。皆さん、それなりに勉強している」

川端は田久保を見てニヤリと笑った。


田久保は川端について広島市民会館の会議室に行った。

広島土砂災害被災者の会には三十人近くの人が集まっていた。

「三年たった今でも、生活の復旧ができていない人も多い。高齢者は特にそうだ。新しい土地に家を建てるべきか、戻って建てるか、未だに迷っている人もいる」

川端が田久保に囁く。

川端の言葉通り、参加者は高齢の人たちが多かった。夫婦で参加している人たちもいた。中年の男女も何人か見られる。ほとんどの人たちが資料やノートを広げ、真剣な表情をしていた。

会は、会員の近況報告から始まった。

「怖くてここには住めません。かといって、売るに売れません。あんな危険な場所、誰も住みたがりませんから。七十四人も亡くなってますしね」

「地盤を改良するとなると、かなりな金がかかります。そんなことを考えると、他に移り住んだ方が合理的です。その経済力があればの話ですが」

「どうですか、先生方。また、あんな土砂災害が起こるんですかね」

「起こるでしょうね、同様な大雨が降れば。真砂土は水に脆い地盤なんです。その大雨はまた必ず降るでしょう」

川端が同意を求めるように田久保を見た。田久保は曖昧に頷いた。

「土砂災害を防ぐ手立てはないんですか」

「完全に防ぐことなんてできません。でも、より安全にすることはできます」

川端は辺りを見回し、ひと呼吸置いて話を続けた。「広島と同じような真砂土の丘陵地帯は日本中いたる所にあります。かつては危険だという確たる研究結果はなかったかもしれません。現在はある。その知識に従って、我々は行動しなくてはなりません。国や県も同様です」

田久保は川端の話を聞きながら、多摩の恵美の実家を思い浮かべていた。静かな丘陵地の一角に造成された住宅地だ。

町が造られたのは五十年近く前の話だ。近年、地球環境自体が変わっている。集中豪雨は大幅に増え、数時間で数百ミリという集中豪雨も頻繁に起きるようになった。集中豪雨は瞬時に洪水を引き起こし、土砂崩れを誘発する。さらにゴルフ場や太陽光発電の建設も山の土質や保水状況を変えている。

「田久保先生のご両親は私と同じ安佐北区に住んでいて亡くなられたと聞きました。先生ならどうしますか。再びあの土地に住むかどうか」

質問者が田久保を見つめている。突然の問いかけに、田久保はどう答えるべきか戸惑っていた。

こんな直接的な質問は初めてだった。

川端が田久保に語りかけた。

「田久保さんは気象庁の職員です。日々の天気予報とともに、集中豪雨や雷を予測しています。彼のご両親は皆さんと同じ地区に住んでいて、残念なことに土砂災害で亡くなりました。私からも質問します。田久保さん、あなたならどうしますか」

川端の目は挑戦的なものに変わっていた。都築が、あいつは変わった奴だといった意味が分かる気がする。

田久保は立ち上がって、質問者の住民に目を向けた。

「自然災害は様々な要素が影響し合って起こります。あの災害は、山が真砂土という水に弱い土壌であったこと、雨が多く、土壌が大量の水を吸っていた上に、さらに大量の雨が降ったこと。過去にも崩壊が起きていて、住宅地には適していなかったことなどです」

田久保は川端に視線を向けた。腕を組んで目を閉じている。彼にとっては、聞き飽きた言葉だろう。田久保はさらに続けた。

「しかしながら土壌についての研究は進んでいます。気象学も台風や集中豪雨の予測など、かなりの精度で予測できるようになりました。私だったら――」

言葉が続かない。住民たちは固唾《かたず》を呑んで田久保の回答を待っている。川端も閉じていた目を開けていた。

「先生ならもう一度、あの場所に住みますか」

田久保の言葉を促すように声が上がる。

「私だったら――しばらく、待ってください。十分な調査がまだ終わっていません。結論はその後にさせてください」

田久保は深々と頭を下げた。

6

土曜日、中村は青山に連れられて隊舎を出た。

通りの向こうの軽自動車の窓から、女性が手を振っている。青山が助手席、中村が後部座席に乗ると、運転席の女性が振り向いた。

「こいつが久美子。俺の彼女だ」

「高山久美子です。拓くんからいつも聞いています」

久美子が頭を下げた。肩の下まであるうすい茶髪、クリッとした目の小太りの女性だ。

「彼女、頭いいんだ。俺より二つ年上だから」

「頭は歳なんか関係ないっていつも言ってるんだけど。嫌味にしか聞こえないでしょ」

笑いながら言った。長岡一等陸曹の奥さんと雰囲気が似ている。

「土地のこと聞いたんだ。だったら、法務局だって。でも、まずは家がどうなっているか見てみようってことになった。おまえも、知りたいだろ」

威勢のいい青山の言葉に中村は頷いていた。

「こいつ気が弱いから、さんざん叔父の野郎に食い物にされてるんだ。この前も五十万取られてスカンピンになってる。死んだ親父の家がどうなってるか、知ってた方がいいと思ってな」

「本当に行っていいの。拓くん、勝手だから。中村くんは嫌じゃないの。昔のつらい思い出があるんでしょ。迷惑なら、そう言ってよ」

「大丈夫です。行ってください。ありがとうございます、僕のために」

「気にしないで。拓くん、自分が面白がってるんだから。でも、中村くんのこと放っておけないっていつも言ってる。四年も同じ釜の飯を食った仲間だから、家族と同じだって」

久美子が、中村が言う住所をカーナビに打ち込んでいく。「便利よね。案内してくれるだけじゃなくて、到着時間まで教えてくれる」

さあ出発、と言って車をスタートさせた。

中村の昔の家は、埼玉県川口市にある。

昔は鋳物工業を地場産業とした工業地帯だったが、一九六四年の東京オリンピック以降は急激に都市化した。工場は郊外工業団地への移転が進められ、現在は都心に近いというメリットを生かした住宅地になっている。

車は都内を抜けて北に向かって走った。中村は窓の外を眺めていた。行きたくない気持ちと、どうなっているか知りたいと思う気持ちが半分ずつだった。「おまえの親父の家だ。知る権利があるし、義務だろ」という青山の言葉が耳の奥に残っている。

一時間ほどで川口市に着いた。こんなに近かったのかと、中村は意外に思った。数日前まで、

郵 便 は が き

料金受取人払郵便

代々木局承認

1536

差出有効期間
平成30年11月
9日まで

1 5 1 8 7 9 0

203

東京都渋谷区千駄ヶ谷4-9-7

(株) 幻 冬 舎

書籍編集部宛

1518790203

ご住所 〒 都・道 府・県	
	お名前 フリガナ
メール	
インターネットでも回答を受け付けております http://www.gentosha.co.jp/e/	

裏面のご感想を広告等、書籍のPRに使わせていただく場合がございます。

幻冬舎より、著者に関する新しいお知らせ・小社および関連会社、広告主からのご案内を送付することがあります。不要の場合は右の欄にレ印をご記入ください。 不要 □

本書をお買い上げいただき、誠にありがとうございました。
質問にお答えいただけたら幸いです。

◎ご購入いただいた書名をご記入ください。

『　　　　　　　　　　　　　　　　　　　　　　　　　　　』

★著者へのメッセージ、または本書のご感想をお書きください。

●本書をお求めになった動機は？

①著者が好きだから　②タイトルにひかれて　③テーマにひかれて
④カバーにひかれて　⑤帯のコピーにひかれて　⑥新聞で見て
⑦インターネットで知って　⑧売れてるから／話題だから
⑨役に立ちそうだから

生年月日	西暦　　　年　　月　　日（　　歳）男・女			
ご職業	①学生	②教員・研究職	③公務員	④農林漁業
	⑤専門・技術職	⑥自由業	⑦自営業	⑧会社役員
	⑨会社員	⑩専業主夫・主婦	⑪パート・アルバイト	
	⑫無職	⑬その他（　　　　　）		

ご記入いただきました個人情報については、許可なく他の目的で使用することはありません。ご協力ありがとうございました。

この町に再び来るとは思ってもみなかった。

車は川口駅の表示の見える通りに止まった。

「おまえの家にいちばん近いＪＲの駅だ。家族で出かけるときなんか、この駅で電車に乗ったんだろ。この辺り、見覚えはないか」

中村は見回したが記憶にあるものはなかった。タイルを敷き詰めた小綺麗な駅前広場。道行く人たちの中にも、明らかに外国人が多い。十年ほどですっかり変わったか、無意識のうちにこの町のことは忘れようとしていたのかもしれない。

「ここにいたのは中学生まででしょ。覚えてないよね、すっかり変わってる。今じゃ埼玉県の中で、いちばん外国人が多いんだって。中国人、韓国人、ベトナム人、トルコ人」

中村は身を乗り出した。駅前広場を隔てて、道路の反対側にある老舗《しにせ》デパートには見覚えがある。何度か家族で買い物に来て、食事をした。中村は思わず目を閉じた。

「おまえの家まであと二キロってところだ。覚えてる場所があったら言うんだぞ。行ってくれ」

ナビを見ていた青山に言われ、久美子がエンジンをかけた。

数分走ると、スピードを落として進んでいく。

「止めてください」

中村は声をあげていた。突然、記憶が蘇った。多少の変化はあるが、見慣れた通りだ。あの角を曲がれば昔住んでいた家が見える。両親がいて妹がいた。町を歩けば、よく見かける普通の家族だ。

「行くぞ」

青山の声で車は動き始める。ゆっくりと角を曲がった。

「あれだよ。通りの右側、電柱から二番目の家。二階のベランダに洗濯物が干してある」

車はさらにスピードを落として、家に近付いていく。

「里田——今住んでる人の名だ。子供服が干してある。男の子だな」

青山が助手席から前方に身を乗り出すようにして説明する。

意外と小さな家だ、というのが中村の感想だった。住んでいるときは、意識することはなかった。自分が小さかったからかもしれない。

久美子はそのまま家の前を通りすぎて表通りに出た。

近くにあったファミリーレストランに入る。ちょうど昼時だった。三人ともカレーライスを頼んだ。

「どうする。寄って挨拶していくか。昔住んでた者です。この家、誰から買ったのか、聞いたら教えてくれるかな」

「きっと、中村くんから。お父さんが亡くなって、中村くんが相続してるはずだから」

「なあ、寄って、住んでる奴と話してみようぜ。何か聞けるって」

青山がしつこく言う。

「やめなさいよ、拓くん。中村くんの気持ちも考えなさい。亡くなった両親と妹さんと住んでたのよ。昔の思い出のままでいた方がいい」

「今は他人の家で、他の家族が住んでる。こいつもそろそろ現実を見つめた方がいいんだ。そうじゃないと、これから死ぬまで叔父の野郎にたかられるぞ」

「勝手にしてよ。私は中村くんのやりたいようにしてあげる」

「僕は――」

中村は下を向いた。言葉が出ない。

「とりあえず、もう一度行ってみようぜ。せっかく来たんだ。このまま帰るってことはないぜ」

「行ってください」

中村は顔を上げて短く言った。

「そうこなくちゃ」


三人は車に戻った。

久美子は車を中村の昔の家から十メートルばかり進めて止めた。

「挨拶に行くか行かないか、さっさと決めろよ。俺もついてってやるから」

「静かにしなさいよ。中村くん、考えているんだから」

中村はどうしていいか分からなかった。挨拶までは考えていなかった。

ちょうどそのとき、家から男の子が出てきた。小さなリュックサックを背負い、肩から水筒をかけている。小学校一年か、二年生くらいだろう。次に若い男女が出てくる。女性はトートバッグを持ち、男性はデイパックを背負っている。

「出してください」

中村は言った。今度は、青山が何も言わない。

車は三人の横を通りすぎていく。そのとき、父親と目が合ったような気がした。中村は思わず目をそらした。

表通りに出て、久美子はコーヒーショップの駐車場に車を入れた。

「幸せそうな家族でした。来てよかったです」

中村は二人に頭を下げた。

「それだけかよ。何かもの足りないな。俺はこいつが過去を振り切れるような劇的なことを期待してたんだ」

「知りたいのは誰がいつあの家を売ったかでしょ」

「それに金の行方だ。本来ならこいつに入る金だ」

久美子が中村の前に封筒を置いた。法務局の名前が入っている。

「ごめん、勝手に取っておいた。あの家の登記事項証明書。拓くんから住所を聞いてたから」

中村はその封筒を手に取った。封筒は糊付けされている。

「法務局には登記事項証明書があるの。もらうのに必要な書類はゼロ。身分証明書も印鑑も不要。誰でも手に入れることができるの。土地の番号や広さ、用途、所有者が書かれてる。どうやって手に入れたかなどもね。それを見ればすぐに分かる」

「な、分かったか。久美子は頭がいいだろ。でも俺、こんなの知らなかったぞ」

「昔、不動産屋で事務やってたことがあるのよ。いろんなお客がいたからね。法務局や市役所には毎日のように行かされてた」

中村は手に持った封筒を無言で眺めた。

「見たければ見ればいいし、嫌なら捨てていいのよ。中村くんの自由。私も見てない。もらってすぐに封筒に入れて糊付けした」

「せっかくだから見てみようぜ」

中村から封筒を取ろうとした青山の手を久美子がピシャリと叩いた。

「もう、僕たちの家族のものじゃないですし――。ローンだって残ってたと思います」

「十年以上は住んだんだろ。ローンが残ってたとしても、売ったらおつりが来たはずだぜ」

「家のローンはだいたい二十年、三十年の長期でしょ。その間には病気や事故、何が起こるか分からない。普通はローンの借主が死んだら、以後のローンはチャラになるように設定してる。保険に入ってるのよ。だから、お父さんが亡くなった時点でローンは返済済みになる場合が多い」

「だったら、家はまるまるおまえのもんだ」

「それにお父さん、生命保険にも入ってたかもしれない。子供が二人いたんだし。それって、どうなったか聞いてないの」

祖母からも、叔父からも聞いたことはない。中村自身もそんなことを考えたこともなかった。

中村は封筒から用紙を取り出した。

「中村正男。これがおまえの親父か」

横から覗き込んだ青山が言う。

「そう──」

「里田幸雄って奴に売られてる。二〇一〇年の一月だ」

「事故の翌年です。僕はお祖母ちゃんの家に引き取られていました」

あのころ、叔父が祖母の家に頻繁に来ていた。中村は中学二年だった。祖母が正座して泣きながら中村に頭を下げたのもそのころだ。

「こいつに会って、売買のいきさつを聞けば金はどうなったか分かるな」

叔父が中村の誕生日を覚えていたのは、自分のことを気にかけていたからではなかった。いろんな書類に書き込んだからだ。中村は全身から力が抜けていくのを感じた。

「もういいです。隊舎に帰ってくれませんか」

登記事項証明書のコピーを封筒にしまいながら、中村は青山と久美子に頼んだ。

7

剛志と二人で多摩に行った翌日、恵美が目を覚ますと陽は昇っていた。あわてて起き出すとテーブルにパンとバター、牛乳パックが出してある。

剛志は朝食を食べて出かけていた。テーブルの皿は、母親に食事の用意をしたつもりなのか。

明け方まで眠れなかった。自分に注がれる母親の視線が脳裏に貼り付いていた。何を考え、何を思って娘を見つめていたのだろう。

焼いたパンにバターを塗り始めたとき、テーブルに置いたスマホが鳴り始めた。

多摩市民病院からだ。恵美は一瞬躊躇したが、スマホをタップした。

〈お母さんが、家に帰ると言って聞きません。目を離すと、ベッドから降りて立ち上がろうとするんです〉

看護師の困り切った声が聞こえてくる。

「この電話、母のところに持っていけませんか。私が話してみます」

戸惑った気配が伝わってくる。

〈これはナースステーションの電話です〉

「母は携帯電話を持ってるはずです。メモリーには私の番号も入ってます。それでかけなおしてもらえませんか」

ここ半年以上、母が携帯電話でかけてきたことはない。恵美がかけても携帯電話に出ることはなかった。既に携帯電話を扱えなくなっていたのか。

〈持っておられるのを見たことがありません。私の携帯を持っていきますから、電話をしてください〉

看護師は番号を言った。

数分後、恵美が電話をするとすぐに看護師が出た。背後で言い争う声が聞こえている。

〈じゃ、お母さんと代わりますから〉

携帯電話を渡す気配がする。

〈私は家に帰るんだよ。立派な、自分の家があるんだ。こんなところにいられないよ〉

良枝の怒鳴るような声が聞こえる。

「お母さん、落ち着いてよ。そこは病院よ」

〈あんた、誰なの。関係ない人は黙っててよ〉

「恵美よ。あなたの娘。昨日も会ったでしょ。孫の剛志と一緒に。シュウマイのお土産を持っていったじゃない」

〈ウソでしょ。私の娘は横浜に住んでるのよ。ここは多摩〉

「私は横浜から電話してるの。お願いだから、看護師さんの言うことを聞いて」

恵美は必死に頼んだ。

「明日、そっちに行くから。今日は病院にいて。お願いだから」

〈知らない人にお願いされてもね。あんた、誰かに頼まれたんでしょ。私には立派な家があるの。お父さんも待ってるし〉

良枝の口調が次第に落ち着いてきた。恵美の声は分かるのかもしれない。ただ、まだ帰ると言い張っている。

「分かった。看護師さんに代わって」

看護師が出た。

「これからそっちに行きます。一時間半ほどかかりますが、それまでよろしくお願いします」

恵美はスマホを切った。時計を見ると午前十時だ。急げば昼前には着くことができる。

急いで朝食をすませ、書き置きして家を出た。

病院に着くと昼になっていた。

良枝はナースステーションの隣の部屋に移されていた。鎮静剤を打たれ、やっと眠ったという。

看護師、同室の患者たち、恵美は出会う人ごとに頭を下げた。

静かな寝息を立てている良枝を見ていると、憐《あわ》れみと情けなさ、腹立ちと寂しさ、様々な感情が入り混じって涙が出そうになる。何とかこらえて今後のことを考えたが、何も思いつかない。

午後三時をすぎたころ、良枝は目を覚ました。

「お母さん、私よ。分かる」

「どこに行ってたのよ、親を放っておいて」

その言葉は恵美の心に深く突き刺さった。

親は子供の足を引っ張っちゃダメ。あなたは自由に生きなさい――。そうではなかったのか。

「私のことは気にしないで。自分のことは自分でやるから」とも言われた。進歩的でありがたい親だと思っていたが、本音は違っていたのだ。

自分はそれなりに母親のことを考えてきたつもりだった。父親が死に、母親一人になってからは、忙しい中を縫って電話もかけた。それだけでは足らなかったのか。

看護師に何度も頭を下げて、良枝にはできるだけ早い時期に一緒に家に帰ることを繰り返した。良枝は何とか落ち着いてきた。だが、それも一時的であることは分かっていた。

折れた心のまま、恵美は病院を出た。

第五章　出発

1

「悪かった。きつい質問をして」

夕方、被災者の会の会合が終わってホテルに戻る途中で、川端が田久保に謝ってきた。

「もう一度、あの悲劇の土地に戻って住むか。確かにきつい質問です。個人的にはやめた方がいいと言いたいけど、人それぞれの都合も思いもある。川端さんの率直な意見は」

「やめるべきだね。他にも住宅の適地はあるだろう。特に地方は過疎化が進んでいる。安全な地区に住むべきだ」

間髪を容れず川端の声が返ってくる。「土壌改良や防災対策をして住むより、よほど安上がりで安心できる」

「心の問題があるでしょう。何十年も住み続けた場所です。老人には思い出も多い。今さら移住するのを拒む人もいる」

「田久保さんもロマンチストか。災害が起こると、途端に故郷や絆という言葉がもてはやされる。両方とも普段はあまり馴染みのない言葉だ」

「そうですね。僕だって故郷を捨てた口だ。ここの土地は売れないから持ってるだけ」

そして、次は多摩に住むことになる。田久保は恵美のことを思い浮かべた。彼女には故郷に帰る、という気持ちがあるのだろうか。

「川端さんはどうすればベストだと思ってるんですか。今日来た人たちの身になって考えれば」

「ベストなんて答えはないよ。人によって事情は違うだろうし。言えることは、あの地域は住宅地には向いてないということだ」

田久保にも異存はなかった。あの地域が開発された五十年近く前は、事情が違っていた。日本は高度成長期で、人口が増え続け、次々に宅地開発が行われ、新興住宅地ができていた時代だった。人々はこぞって、一戸建て住宅を手に入れようとしていた。

「気象学者としてはどう考える。台風、大雨、洪水、土砂崩れ、すべて関連している」

川端が挑戦的に聞いてくる。答えは分かっている。

「今後、異常気象は増え続けるでしょう、頻度を増す大型台風、集中豪雨、洪水、土砂災害は日本中でますます頻繁に起こるようになりますよ」

田久保はそう答えざるを得なかった。

翌日、二人は被災地区をさらに調べて回った。

田久保は土砂崩れが起こった地区の一週間前からの天気と降水量のデータを持って、実際の地形を見て回った。周辺の土地がどれだけの水を含んでいたのか知りたかったのだ。

川端の専門は地質と保水量の関係だ。地形と地質、土砂災害発生前から数日間の降水量との関係を調べ、土砂崩れのメカニズムをより明確にする論文をまとめている。

この結果と気象学を組み合わせれば、より正確な土砂災害の予知が可能だと考えている。


広島に来て四日目の朝、都築から電話があった。

〈調査はどうだ。進展しているか〉

「気象学と地質学との融合は今後、ますます必要となるね。広島と同じような地質、地形は日本中いたる場所にある。そこを襲う集中豪雨は激しさを増し、頻度も増えるだろう」

〈一時間前に送ったメールは見たか〉

「これから、被災現場に行くところだ。何か起こったのか」

〈起こりそうだから、ひまわりとアメダスの最新の写真とデータを送っておいた。昨日から梅雨前線の活動が活発になって、北上を始めている〉

梅雨前線は南からの暖かく湿った空気と北からの冷たく湿った空気が、本州上空でぶつかり合い、停滞して雨を降らせる。

田久保は都築と通話しながらパソコンを立ち上げて、メールを開いた。アメダスのデータとひまわりの日本上空の写真が添付されている。

「関東近辺に積乱雲が発生している。集中豪雨と落雷が頻発してるだろ。これから、ますますひどくなると思う」

〈今朝、東海地方をゲリラ豪雨が襲って、新幹線と在来線が止まった。静岡では一時間に百三十

ミリを記録した。その前線が関東地方に移動している。当分、この状況が続きそうだ〉

「気象庁の発表はやってるんだろ」

〈現在の状況を説明するのが精一杯だ。予測までは手が回らない〉

「高気圧と低気圧、大気の状態がかなり不安定だ。さらに積乱雲が多発してる。これじゃ各地の予測なんてできない」

〈マスコミと世間が望んでるのは予測だ。いつ、どこに、どんな雨が降り、風が吹くか。気象庁は予知ができると信じてる〉

田久保もある程度の気象予測はできると言い続けている。しかし、突飛な動きをするのも自然現象だ。今回の場合が、それに当たる。

〈人手が足らない。帰って来てくれないか〉

都築の困り切った声が聞こえる。マスコミからの突き上げがよほど激しいのだろう。田久保は考え込んだ。

「こっちも、やっと核心に入ったばかりだ。あと一日、待ってくれないか。山の保水力を調べておきたい」

〈また行けばいい。こっちの方が急を要する〉

都築がここまで頼むとはよほど困っているに違いなかった。田久保は了承せざるを得ない。

「新幹線は運転を再開したのか」

〈山陽新幹線は大丈夫だ。東海道新幹線は新横浜までの上りは一時間前に動き始めた。横浜と東

京間は普通電車なら走っている。ダイヤの乱れは残っているが、数時間もすれば解消する。今発てば、今日中には東京に着ける〉

「できる限り早く、東京に戻る」

田久保はスマホを切った。

川端の部屋に行き、事情を説明した。

「これからすぐに戻らなければなりません。最後までご一緒できなくて残念です」

「被害者の会の状況を知ってもらっただけで成果はあった。地質学と気象学、今後は一緒に考えることができれば有益だと思う」

川端は感慨深げだ。彼の調査は、まだ二日残っている。

田久保は急いで帰り支度をして、昼前の新幹線に乗ることができた。

山陽新幹線、東海道新幹線と、名古屋まではほぼ時間通りに進んだ。車内アナウンスでは、東海、関東地方の集中豪雨について繰り返している。

〈ただ今、関東周辺に大雨警報が出ています。一時間に百ミリを超える豪雨となり、冠水する地域も出ています。新幹線も静岡、東京間で速度を制限して運行を再開しています。なお停止信号のため、停車している新幹線もあり、ダイヤは大幅に乱れています〉

田久保は努めて平常心で座っていた。東海地方は大雨でも、広島から大阪をすぎる辺りまでは、まだ青空が見え、線路に沿って並ぶ太陽光パネルが陽を反射して光っていた。

新幹線は徐々に強くなる雨の中をスピードを落として走る。田久保はパソコンに出したひまわりとアメダスの映像とデータを見ながら、スマホで都築たちと連絡を取り合った。

東海地方に停滞していた前線は、すでに関東地方に移動している。強い積乱雲が生まれ、大雨を降らせていた。一時間に百ミリを超える豪雨の地域もあり、道路の冠水はもとより、河川の氾濫と土砂災害の恐れが出ている。

関係する自治体は、今後雨量が増えると予想される地域に避難勧告を出すか、避難指示を出すかで揉めているだろう。その判断基準となるのが気象庁が出している各種の気象情報だ。

徐行運転をしていた新幹線はついに止まってしまった。

「今、小田原だ。新幹線が止まってしまった。停止信号が解除されれば出発するとアナウンスがあった」

〈都築くんと考えているが、利根川の水位が急速に上がっている。氾濫危険水位まではまだ余裕があるが、上がり方が見たことがないほど速い〉

都築と話していたと思ったら、田畑部長の真剣な声が聞こえる。

「川の水位は分かりますか」

〈氾濫危険水位まで二十センチといったところ〉

「現在の降水量は？」

〈一時間に三十ミリ。いずれ五十ミリを超す〉

「昨日の降水量は？」

〈三日前から降ったり止んだりだ。大したことはなかった。本格的に降り始めたのは日付が変わ

ってからだ。一時間に二十ミリ程度。それが明け方になって三十ミリを超えた〉

決壊が懸念される主要な河川には監視カメラが備えられ、随時水位と川の映像が近くの測候所に送られてくる。その水位に従って、様々な注意情報が流される。

「高崎周辺の自治体に避難指示を出すよう指導したらどうです。暗くなる前に」

気象庁は大きな被害の発生が予想される場合など、地方自治体の災害対策本部とホットラインによって、状況の説明や助言をすることもある。

〈まだ早いんじゃないのか。一時間に三十ミリだ。家にいた方が安全じゃないか〉

「このまま雨足は強くなりそうです。あの地区には年配者が多く住む。陽が沈んでからの避難は危険です」

部長が考え込んでいる様子が伝わってくる。

〈現状ではまだ早い。気象庁はデータを分析して状況を伝えるだけ。最終判断は自治体がする〉

電話相手が都築に代わった。

「現状だけじゃなく、過去数日間の降水状況をみて、地面に入った水量を把握して、今後の対策を考える必要がある。もう遅いくらいだ」

押し殺した低い声だが、田久保にしては珍しく強い口調だ。

〈分かった。部長にそう伝えよう〉

迷っている都築の様子が伝わってくる。

恵美に電話しようかと考えたが止めにした。普段から気象については話している。集中豪雨の対処法は分かっているはずだ。今は仕事に集中しようと、自分に言い聞かせた。

田久保の意見により、異例の警戒情報が伝えられた。現状に過去数日の気象状況を加えた見解を発表したのだ。それに従って、自治体は近隣の四千二百世帯、六千五百人に避難指示を出した。避難所に指定された近くの公民館や小中学校に明るいうちに避難するのだ。自力での避難が困難な老人、病人らは近所の住人や消防団が援助する。

2

恵美は病院を出た足で実家に向かった。

七月も初旬をすぎ、例年より暑い日が続いていた。観測史上最高という表現も、時折り使われている。

仕事を辞めてすでに二ヶ月近くがすぎている。その間にしたことといえば、実家の片付けぐらいか。おかげで見違えるようにはなっている。母親はそれに気付くだろうか。

綺麗好きの母親で、いつも家の中はすっきりしていたが、当然のこととして受け入れ、気付くことはないだろう。

「奥さん、こんにちは」

突然の声に振り向くと若い男が立っている。誰だか分からなかった。

「ほら、二十一世紀多摩ニュータウンで会ったでしょ」

剛志に連れられて山に行ったとき、宅地販売の現場で会った男だ。

「この辺りに住んでるって言ってましたね」

「まあね――。あなたは何をしてるの」

「折り込みチラシを配って歩いてるんです」

男は日陰に移動して、ハンカチを出して額の汗をぬぐった。

「効果はあるの」

「それを願っています。配布のノルマがあるんですよ」

「スーパーのチラシじゃないんだから、近所に配っても仕方がないでしょ。皆さん、もう家を持ってるわけだし」

「分かってますよ。でも、親戚や友達を呼び寄せる可能性があるって。上司の指示です」

「新聞にチラシを入れるのがいちばん効果的なんじゃないの。不動産販売は、いい物件があることを広域に知らせる。特に都心近くの賃貸に住んでる人にね。家を買おうなんて考えてる人は、新聞を取ってる人が多いだろうし。本気でほしければ、電車に乗ってでもやって来る。もっと効率を考えなきゃ」

「奥さん、広告関係に勤めてたって言ってましたね。どこの会社ですか」

男は不躾《ぶしつけ》に聞いてきた。

「サイバーアドよ。でも昔の話」

「なんで辞めたんですか。いや失礼。昔、広告代理店に憧れてたんで」

男の顔つきが変わっている。「やっぱり、目の付け所が違います」

「もう辞めたって言ったでしょ。来月には母の家に家族で引っ越してくるの」

「こちらでも仕事するんですか。別の広告会社に移るか、自分で立ち上げるとか」

「夢のような話ね。でも、母の世話で手一杯になりそう」

「もったいないなあ」

男は斉藤と名乗って、もったいないを繰り返しながら、チラシの投げ入れに戻っていった。

十分ほどの立ち話だったが、勤めていたころを思い出して少し元気が出た。やはり自分は家庭より仕事向きの人間なのかもしれない。


一軒おいて隣の家の前で、麦わら帽子を被った大里夫婦が庭の雑草を抜いている。

恵美に気づいた奥さんが立ち上がって話しかけてきた。

「おせっかいかと思いましたが、ついでなんで雑草を抜いておきました」

言われて、実家の庭を見た。三十センチほどに生えていた雑草が消えている。

「何か種を蒔いておいたら。秋には花が咲きますよ」

恵美は昔の記憶を引き出そうとした。両親と一緒に花の種を蒔いた思い出がある。その習慣も、高校生になったころにはなくなった。生活の中心が、恵美の中では都心に移っていた。

「ここに住むことに決めました。来月の頭には引っ越してきます」

恵美は丁寧に頭を下げた。

「お母さんは？　元気ですか」

「足の方は順調に治っています。でも……」

恵美は言葉を濁した。奥さんの顔がわずかだが曇った。

「認知症のことですか」

「ご存知でしたか」

「そりゃあ、少しはね。でも、そんなに大したことないと思ってましたよ。私だって、モノ忘れは年々ひどくなっています」

母親の様子でおかしいと思うことがあったのか、恵美は聞いた。奥さんは考えている。

「まずは外出が少なくなったことですかね。前は毎日お見掛けしましたから、買い物や庭の手入れで。旦那さんと二人でね。旦那さんが亡くなったころからかしら、徐々に見なくなって」

奥さんは同意を求めて、大里を見た。

「そうだね。あのころだったかな。家に閉じこもるようになったのは。町内会にも出てこなくなった。前はご夫婦で来てたんだけどね」

自転車で溝に落ちていたのは一度や二度ではないことも、初めて知った。

「あなたに連絡を取ろうかと、ご近所で話していたところだったんです。その前に今度の事故が起こってしまった」

大里は、言いにくそうだった。

近所の人はすでに気が付いていたのか。知らなかったのは娘の私だけ。親を放っておいて、という良枝の言葉が蘇る。

「山村さんが呼んだのかもしれないわね、早く帰ってきてって」

「できるだけ早く、引っ越してくるつもりです」

恵美は本気でそう思っていた。奥さんの視線が恵美の背後に止まった。振り向いた。前に見かけた少年が歩いてくる。確か、純一と言っていた。

「うちの子は中学二年生なの。仲良くしてね」

恵美の言葉に、純一はペコリと頭を下げた。


恵美は引っ越しの日が決まれば知らせると大里夫婦に言って、家に入った。引っ越しの手順を考える。どうせ田久保は当てにできない。そのぶん、恵美が何をやっても文句は言わないだろう。冷蔵庫と洗濯機は持ってこなければならない。横浜のものの方が大きく、新しい。こちらのものは捨てるか、どこかに引き取ってもらうしかない。テレビは二台あってもいい。一台は母親の部屋だ。

一時間ばかりしてから、病院に戻った。

良枝は眠っていた。その姿は昔と変わらず穏やかで優しそうだ。

恵美はさんざん頭を下げて、早急に母親を引き取ると約束して病院を出た。電車に乗ってぼんやり外を見ていたら、スマホが鳴り出した。画面を見ると高柳からだ。恵美はマナーモードにしてポケットにしまった。

会社を辞めてから、高柳の電話は二度目だ。辞めた当時は裏切られたという気持ちが強かったが、今は他の問題が大きすぎて高柳のことを考える時間はゼロに近い。しょせんはその程度だったと、自分を納得させている。


横浜のマンションに戻ると、すでに剛志が帰っていた。

「今日は塾でしょ」

リビングでコンビニ弁当を食べながらテレビを見ている剛志に聞いた。

「明日から期末試験だから、家で勉強する」

「塾で期末試験の勉強もやってくれるんじゃないの？」

「学校によって試験範囲が違うだろ。それに、僕は家の方が落ち着く」

だったらさっさと部屋で勉強しなさいという言葉を呑み込んだ。

「山本先生は学校には来てるの？　この時期、クラスに担任がいないと、いろいろ不都合があるんじゃない」

「別の先生が来てる。先生なんて、誰だって同じだ」

愛想のない言葉が返ってくる。

「多摩への引っ越し、少し予定を早めてもいい？」

「構わないよ」

「夏休みに入ってすぐでも」

「いつでもいいって言ってるだろ。明日でもいい」

剛志に気勢をそがれた。あとは田久保しだいだか、あの人は仕事に差し支えなければ何事にも反対しない。

「お母さん一人が早めに引っ越して、剛志はお父さんと後から来てもいいのよ」

「好きにしてよ。本当に、いつでもいいんだから」

剛志は立ち上がると、部屋に入っていった。

一人残されると、何をしていいか分からなくなった。スマホに伸ばしかけた手を止めた。一瞬、田久保とともに高柳の顔が浮かんだのだ。

明日の夜には田久保が帰ってくる。そのとき話しても遅くはない。

3

ベッドに寝転んで山本の言葉を思い出していた。

おまえは受験に落ちて、人生からも落ちるつもりか――。公園で山本に会って以来、ずっと心に引っかかっている。それって負け犬になることなのか。

優司の勝ち誇ったような顔も浮かんだ。おまえも共犯だからな――なにが共犯なのだ。

何度も寝返りを打ったが、眠れそうにない。横になったままゲーム機を手にしたが、頭と指先が別々のことを考えている。明日から期末試験が始まる。

剛志はベッドから起き上がって、机に座ると教科書とノートを出した。

翌日、目覚ましの音で起きた。昨夜は十二時すぎまで机に向かっていた。時間を忘れるほど真剣に勉強したのは中学入試のとき以来だ。

「早いのね。どうかしたの」

「べつに——」

「お母さん、今日も多摩に行かなきゃならないの。帰りが遅くなるようだったら、冷蔵庫の中のものを食べてね」

「さっさと、多摩に引っ越した方がいいんじゃないの。毎日行くほど、お祖母ちゃんがひどいのなら」

「そうしてもいいの？　だったら、お母さんもすごく助かる」

恵美が手を止めて剛志を見る。剛志は目をそらして牛乳を飲み干すと、トーストをくわえてリビングを出た。

学校では山本の話がタブーだという雰囲気が流れていた。教師の口からも山本の名前が出ることはない。時折り、生徒同士で「あの先生」と話題に上るが、具体的なことは誰も話さないし、知らなかった。

しかし、優司たちは剛志のそばに来て、わざと名前を出す。

「山本の野郎、自分じゃないって、まだ粘ってるらしいぞ。いい加減に諦めて認めればいいのに。

私はエロ教師です。女子トイレで盗撮しようとしました――」

「学校はまだ隠そうとしてるんだぜ。教育委員会に電話してやろうか」

優司たちが剛志の方をチラチラ見ながら話している。

剛志は無視して教科書を広げた。

期末試験は一日に三科目、三日間だ。

剛志は中学生になって初めて気合を入れて勉強した。公園で山本と会って、彼が自分と同じように志望校に入れず、しばらくの間、落ち込んでいたのを知ったからだ。山本はそこから立ち直っている。自分だって負け犬なんかにはならない。


期末試験が済んだ翌日の土曜日、剛志は母親と学校に行った。

学校は休みだろうというと、教頭先生から指定されたという。夏休み前のこの時期、先生のほぼ全員が学校に来ているそうだ。

「どうしても、僕も行かなきゃならないの」

校門を入ったところで剛志は聞いた。

校庭では野球部を中心に体育系の部活動の練習が行われている。中学に進学したらサッカーをやるつもりだったが、結局、部活動は何もやっていない。

「教頭先生が一緒に来てくれって言ったんだから、仕方がないでしょ。学校を変わるの。ありがとうございましたっていう、挨拶は必要でしょ。ケジメよ、ケジメ」

母親が先に歩き始めた。剛志は知り合いに会わないように願いながら、母親の背後に隠れて歩いた。

職員室の前を通ったが平日と変わらず、教師はほぼ全員が来ているようだ。山本はいないのだろう。

二人は応接室に通された。部屋にはすでに教頭が座っている。

「山本先生がこんな状況で誠に申し訳なく思っています」

教頭が母親に向かって頭を下げた。

「そのことで学校を変わられるということはないでしょうね」

「多摩のお祖母ちゃんが認知症になって、家族で一緒に住むんです」

剛志が言うと、母親があわてて黙るように目配せした。教頭は驚いた顔で剛志と母親に視線を向けてくる。

「山本先生のせいで転校する生徒さんがいるんですか」

「そんなことがあると、困るんです。だから今日もわざわざ――」

教頭が剛志の方に向き直った。「新しい学校で、山本先生のことは黙っていてくれないかな。今、学校じゃ、これからどうするか考えてるんだ。山本先生は教育熱心で生徒や保護者からも評判がよかったからね」

教頭は剛志に同意を求めるように見つめている。「教師というのは、ストレスのたまる職業なんだ。山本先生も、部活動や生徒指導で夜遅くまで学校に居残り、土曜、日曜も出てくることが多かった。分かってほしいんだ。そうしたストレスでつい――」

「山本先生は盗撮なんてしませんよ」

剛志は言い切った。自分でも思いがけない発言だった。先日の夜、公園での山本の姿が脳裏をかすめたのだ。人目を忍んでジョギングしている。剛志の前では平静を装っていたが、かなりまいっているに違いない。

何を言い出すんだ、という顔で教頭が剛志を見ている。

「きみは、何か知ってるのか」

「そうじゃないかと思うだけです。みんな、初めから山本先生が盗撮したと決めてかかってる。調べようともしないで」

「彼のスマホが女子トイレに落ちてた」

「誰かが先生のスマホをトイレに置いたってこともあるんじゃないですか。たとえば――スマホの指紋を取るように警察に頼んだらどうですか」

教頭の視線は剛志に張り付いている。母親があわてて剛志の肩に手を置いた。

「やめなさい。変なことを言うのは」

「何か知っているのかね。だったら――」

「みんな、初めから山本先生が盗撮したって騒いでる。先生はやってないって言ってるんでしょ。ちゃんと調べればいいのにと思ってるだけです。隠すことばかりに必死にならないで」

教頭が立ち上がり隣の部屋に入っていった。

数分後、校長と一緒に戻ってきた。

「もう一度、話してくれないか」

「教頭先生に話したことが全部です。他のクラスメートも山本先生は盗撮なんてしてないと思ってるはずです。誰も言わないけど」

校長と教頭が顔を見合わせている。

「スマホは見つけたままの状態で取ってあるんでしょ。警察に渡して、調べればいいんじゃないですか」

「警察沙汰にしたくないから苦労してるんだ。だから——」

「このことで、もっと知ってることがあれば聞かせてくれないか」

校長が教頭の言葉を遮った。心なしか顔が強張っている。

「今日はこれから、多摩の学校にも行く予定なんです。申し訳ないですが、時間がありません」

母親が割って入った。


剛志は母親にせかされて学校を出た。

「これで分かった、教頭先生の話。山本先生の問題の口止めのために、わざわざ土曜に呼んだのね。親だけでなく剛志まで」

母親は怒りの籠もる口調だった。「剛志、あんた何か知ってるの、山本先生のこと。まさか、おかしなことに関係してるってことないでしょうね」

「僕は何も知らない。でも、先生たちは山本先生を盗撮の犯人だと決めてかかってるから」

「そうなんじゃないの？　担任だからって、かばう必要なんてないのよ。盗撮なんて犯罪なんだから」

「スマホがトイレにあっただけだ。山本先生が犯人なら、スマホを置いてくなんて馬鹿なことしないよ」

「あわてて落としたんじゃないの」

「そんなドジはしない。見つかって逃げ出したわけじゃないんだから」

「それはそうだけど、もう剛志には関係ないことよ。明後日には多摩の中学に行って、二学期からの入学を頼むんだから。剛志も一緒に来るのよ」

「今日行くんじゃないの」

「今日はお祖母ちゃんのお見舞いだけ。面倒なことに巻き込まれたくなかったの。困るのは剛志よ。多摩の家にも行って、いつ引っ越しをしてもいいように用意してくるの」

二人で、その足で多摩に行った。

駅を出て病院へと歩き始めたとき、辺りが突然、暗くなった。墨で塗りつぶしたような雲が空を覆っている。ただ、西の空の一部にはまだ青空が見えている。

雨が降り始めた。剛志と母親はあわててコーヒーショップの軒下に駆け込んだ。

「ドーナツでも食べていきましょ」

店に入った。二人を追うように人が続く。

窓に面したスツールに腰かけた。雨は激しさを増している。

突然、正面のビルの向こうが光った。一瞬の間をおいてドーンという腹に響く音が聞こえてくる。さほど遠くない距離だ。歩いていた人が傘をすぼめて店の軒下に避難している。

通りが雨のためにほとんど見えなくなった。その中をヘッドライトをつけた車が歩くような速度で進んでいく。

「何これ、水道の蛇口をいっぱいに開けたみたい」

「そんなもんじゃない。水中にいるみたいだ」

背後に、怒鳴り合う若い男女がいる。その声も雨音で消されがちだ。

雨水の壁の一部が光ると同時に、地響きのような音が伝わってくる。かなり近いところで、雷が落ちたようだ。

道路から人が消えている。誰もが近くの建物に逃げ込んだのだ。車道と歩道を川のように水が流れている。

いつのまにか店はいっぱいになっていた。豪雨を逃れた人たちが入ってきたのだ。

しかし、その豪雨も十分後にはやんだ。水の幕が取り払われると、雨に濡れた街並みが続いている。

「すごかったね。ゲリラ豪雨だ」

剛志の口から無意識のうちに出ていた。

「ほんと、夢のようね。現実に戻るまでに、まだ少し時間が必要みたい」

母親が紙コップのアイスコーヒーを飲み干した。

4

ベッドの上段から、青山が顔を出した。

「元気がないな。おまえの家に他人が住んでたのがよほどショックだったのか」

「幸せそうな家族でよかったです」

中村は心底そう思った。

川口まで昔住んでいた家を見に行ったが、見知らぬ一家が住んでいた。

あの日、中村は川口駅前で青山たちと別れた。そのまま隊舎に帰ろうかと思ったが、もう一度、家の前まで行った。

家の外観は中村の記憶のままだったが、中はまったく違っているのだろう。家族に子供は一人だ。小学校低学年の男の子。

よく見ると外観も変わっているところがいくつかあった。BSのアンテナが付き、玄関前に子供用の新しい自転車がある。庭には植木鉢が置かれ、朝顔が植えられていた。「さとだひろし」と書かれた名札が刺してある。

「俺だったら、シャクにさわるぜ。石くらいは投げたいね。自分が昔、家族と住んでた家だ。そこに他人がいるんだ。幸せそうなら、よけい腹立たしい」

あの日、中村も考えた。目を閉じると家から出てくる子供と両親の顔が浮かんできた。幸せそうな家族なのが、せめてもの救いだった。

ベッドに横になると、全身から力が抜けていった。川口の家が他人のものとなっているのを確認して、ガッカリしたのではない。むしろホッとした。そのとき、自分の家はここだ、自衛隊だと感じたのかもしれない。

「あの家を売った金はどうなったんだ。おまえの叔父の野郎が猫ババしたのか」

「もういいんです。家はあったし、別の家族が住んでた」

「おまえ、バカか。久美子が言うように、おまえの親父が死んで、ローンがチャラになったとしたら、二、三千万はする。いや、もっとかも。いくら中古の狭い家だって」

青山の怒気を含んだ声が返ってくる。「訴えるべきだぜ。金は返ってこないとしても、叔父の野郎とは手を切ることができる」

中村は答えることができない。

「まあいい。おまえの家だったんだ。おまえがいいのなら――」

青山が大げさにため息をつくのが聞こえる。

中村は我ながら情けなかった。どうしたらいいか分からない。

「こんど、叔父の野郎から電話があったら、俺に言え。俺も一緒に会ってやる」

青山は本気で腹を立てている。「おまえ、カモにされてるんだぞ。四年間の貯金を搾り取られて、家まで取られて、勝手に売られてるんだ。おまえの親父の家だぞ。これで腹が立たなきゃ、バカだぞ」

「育ててもらいましたし——」

「そんなの当たり前だろ。親父の弟だ」

憮然とした声が降ってくる。中村は横になって目を閉じた。別のことを考えようとした。多摩の風景が浮かんでくる。

こぢんまりした静かな町だった。目を上げると緑の丘陵地が続き、その彼方には山が連なっている。ひときわ目立つのは高尾山か。純一が住むのはごく普通の家だった。小さな前庭は綺麗に手入れされ、住んでいる人の人柄が感じられる。懐かしいと思ったのは、川口の家に雰囲気が似ていたからなのかもしれない。

純一は祖父母に引き取られて幸せなのだろうか。

先日の手紙に、近所に中学二年の子供が引っ越してくる、友達になれればいいと書いてあった。今度の休みに行ってみようかと思った。


陸上自衛隊の起床は六時、食事は六時半からと厳密に決められている。

課業開始は午前八時十五分から。課業というのは日常業務のことで、中村の所属する陸上自衛隊、第一普通科連隊は戦闘訓練が中心だ。課業は通常、午前中四時間、午後四時間行われ、最後は駆け足の訓練で午後五時に終了となる。

この日の訓練は行軍だった。十五キロの装備を背負い、四キロの銃を持って駐屯地内のグラウンドを二十キロ歩く。簡単なようで、そうではない。十五キロというのは大した負担ではない。

それを担いで二時間あまりを歩き通すとなると、話は違ってくる。途中に十分の休憩があるが、天候によっては立ち上がれなくなる者もいる。夏場は特にそうだ。

中村は無心になろうとした。頭の中を空にして、二十メートル先のポールを視野に焼き付ける。あそこまで行こう。何も考えずに目指そう。ポールを見つめ続けて歩みを進める。ポールに到着すると、次の目標を視野に刻み、そこを目指して歩き続ける。それを二時間繰り返すと、目的地に到着している。

「さっさとしろ、中村。何を考えてる」

休憩の後、装備を担ぎ上げるのにもたもたしていると、長岡一等陸曹の声が飛んできた。

「何も考えていません」

「まだバテる距離でもないだろう。有事においてはちょっとしたミスで命を落とすことになる。自分ばかりではなく、仲間の命もだ」

「分かっています」

「いや、おまえは何も分かってない」

長岡は執拗だった。こんな長岡は珍しい。

行軍の後半も中村は遅れがちだった。理由は分からない。いつものように無心になろうとしたが、脳裏に浮かぶものが多すぎた。

翌日は雨が降っていた。その日も行軍で、やはり十五キロの装備を担いで二十キロを歩く。

中村は雨に濡れるのが嫌いではない。無心で歩くと、雨の中に溶けてしまいそうな気になる。自衛隊に入るまでは雨が嫌いだった。叔父家族と暮らし始めた高校時代、最初の雨は学校で帰り支度をしているときに降り出した。

中村は躊躇なく雨の中に飛び出していった。待っていても傘など誰も持ってきてくれないのを知っていたからだ。濡れる辛さより、雨に打たれながら一人歩く寂しさの方がこたえた。以来、カバンの中には必ず折り畳み傘を入れてある。

その日の訓練中の雨は特別だった。雨というより、水中の行軍だった。

「かなりひどいな。当たると痛いぜ」

青山の言う通り、直接雨がかかる顔と手が痛い。こんなに重く、激しい雨は初めてだった。雨粒が大きいのか、降る速度が速いのか。時折り空が光り、直後に地響きのような音が聞こえてくる。かなり近い雷だ。

大量の水分を含んだ湿った空気が流れ込んでくると積乱雲が発達して、大雨が降ることを課業の授業で習っていた。

「駆け足で隊舎に帰る」

長岡の声が聞こえるが、あっという間に姿が雨で隠されている。

突然、中村の心に三年前の光景が浮かんでくる。広島の土砂災害を引き起こした集中豪雨だ。

「また、災害出動があるかな」

「あるだろ。唯一、俺たちが歓迎される役割だ」

周りから皮肉を込めた声が聞こえる。

5

田久保が広島から東京の気象庁に到着したのは、午後十時をすぎてからだ。新幹線で通常四時間程度の広島、東京間が十時間以上かかったことになる。

東京に雨は降っていなかった。東海地方に豪雨をもたらした前線はすでに東京をすぎて、北に移動していた。栃木や群馬に記録的な大雨を降らせている。

庁舎のロビーはマスコミ関係者で溢れていた。三時間ごとに、記者発表を行っているという。

「どうかしたのか」

「栃木県内の自治体が避難指示を出し、指示に従って避難をした老人が怪我をした。早急な判断ではなかったかと問題になっている」

「避難指示は続けた方がいい。あの辺りは今回だけじゃない。先週にも大雨が降った。地盤が保水量を超えている」

田久保はマンションに帰ることもなく、勤務についた。

東海、関東地方に大雨を降らせた前線は明け方には日本海に抜けていった。

翌朝、避難指示は解除された。結局、大きな被害は出なかった。

気象庁では今回の豪雨についての会見が行われていた。そこでは田久保も同席を求められた。

「今度の避難指示では三人の高齢者が避難途中に負傷するという事態になりました。一人は足の骨折です。今回の指示に関しては、気象庁の意向もあると聞いています。指示が適切だったのかという声も出ています」

「気象庁としては、自治体の適切な指示だったと考えています」

「当時すでに一時間に三十ミリを超えていました。自宅待機という選択肢もあったのではないですか」

都築の答えにすかさず記者が質問を重ねる。都築は困惑の表情だ。田久保は立ち上がった。

「怪我をされた高齢者の方には、お気の毒に思いますが、自治体の指示は適切なものと確信しています」

都築の言葉を繰り返した。

「今後も同様な指示を出すよう、自治体にアドバイスしますか」

「当然です」

田久保は間髪を容れず答えた。

「降水量は大したことはなかった。自宅待機でもよかったのでは」

「あの地区では三日連続の雨でした。土地は十分に水を吸っています。だから――」

「このようなことが続くと、気象庁の見解の信憑性が問われることにはなりませんか」

田久保の言葉をさえぎり、記者が声を上げる。

「どういうことですか」

「信用されなくなるということです」

田久保は絶句した。都築も横で下を向いている。

「今回の避難指示に従った住民は五十二パーセントとも言われています。前回は六十二パーセントでした。このままでは、低下の一途です」

「そうであろうと、私たちは出し続けなければならないと信じています」

「あんた、オオカミ少年の話を知ってるかね」

初老の記者が問いかけてくる。

「バカな質問はよしてください。私たちは真剣に議論をした上で、各種の警報を出しているのですから」

田久保が横から身体を乗り出して、都築のマイクに向かって言った。

「いい加減な情報を出し続けていると誰も信じなくなる」

「そういう言い方はないでしょう。私たちは気象衛星と各地域から送られてくる情報を精査して、結論を出しています」

「じゃ、能力不足と言い換えようか。とにかく、昨日の避難指示は早急だった。自治体は気象庁のアドバイスがあったと言っています」

「そうは思っていません」

田久保は強い口調で言い切った。横で都築が驚いた顔で見ている。こんな田久保を見るのは初めてなのだ。

「昨日の雨は大したことがなかったかもしれません。しかし、先週もあの地区では大雨が降った。先々週もです。三日前からも多くはないが降っている。あの辺りの地盤は水を吸った状態です。それらを加味した結果、危険だと判断しました」

心臓が飛び出しそうに打っている。田久保は自分でも驚いていた。マスコミ相手に、こんなに反論するとは思ってもみなかったのだ。両親が死亡した広島の大規模土砂災害の現場にいて、被災者の会の人たちと話をした直後だったからかもしれない。

「昨日の避難指示は妥当だとおっしゃるのですね」

「同じような事態にもう一度なっても、私たちは同じ判断をします」

田久保は自信を持って言った。記者からの反論はなかった。

会見が終わって自席に戻ると都築が来た。

「何かあったのか。おまえらしくない」

「広島の土砂災害の被災者の顔と言葉が浮かんだ」

田久保は言った。「我々は幸運だった。家を失い、土地も住めるような状態ではなくなった。

だけど避難していたおかげで、こうして集まることができる。避難が遅れた者は泥に埋まって死んでしまった――被災者の言葉だ」

田久保は都築を見た。「生きるか死ぬかの境界は、当事者の決断を促す我々専門家の言葉にかかっている。多少外れても、胸を張っていればいいとつくづく思った。昨日避難した人たちもいつかは分かってくれる」

都築が頷きながら聞いている。

南の湿った太平洋高気圧が北上して来て、北の高気圧とぶつかって日本列島の上にとどまっている。梅雨前線だ。

田久保はパソコンのディスプレイから顔を遠ざけた。

広島から東京に戻って以来、マンションに帰ったのは一度だけだ。そのときは着替えを持ってすぐに気象庁に引き返した。滞在時間は一時間にも満たない。妻の恵美は多摩に住む母の見舞いに行っていなかった。

梅雨前線下の各所に例年には見られない異常な積乱雲が発生し、突然の大雨を降らせている。

「この線状降水帯はかなりの雨を降らせるぞ」

線状降水帯とは、積乱雲が線状に列をなして発生したものだ。数時間にわたって同じ場所に停滞したり、ゆっくり動いたりして、短時間に非常に強い雨を降らせる。

降水量を知らせる色分けで、一時間に五十ミリ以上の赤い部分が帯状に広がっている。群馬県渋川市辺りで、榛名山《はるなさん》の麓だ。

「東京にも集中豪雨の恐れがあるな。アルバイトの人には早めに帰ってもらった方がいい」

都築がパソコンを見ながら言う。

ディスプレイにはひまわりの映像が映っている。輪郭がクッキリした雨雲がゆっくりと、東に向かって流れていく。

「一時間に三十ミリから五十ミリの降水量の可能性が高い」

「それってそんなにひどいんですか」

志保がのんびりした声で聞いてくる。

「バケツをひっくり返したって感じ。傘をさしていても濡れるし、道路が川のようになる」

「今日も泊まりだな。三時間おきに記者発表をしなきゃならない」

ここ数年、東京を襲う集中豪雨も多くなっている。短い場合は数分、長くて数十分、すさまじい量の雨が降るのだ。

時には上空の寒気のために雹《ひょう》が降り注ぎ、怪我人を出したり、農作物に大きな被害を与えることがある。雷も多発し、火事を起こしたり木々を切り裂く。死傷者が出ることもある。都会では地表がアスファルトで覆われているため、大雨が降ると地面に染み込まず、道路が冠水したり汚水が溢れ出したりと災害につながりやすい。その傾向は年々強くなっている。

6

駐屯地内での行軍訓練後、課業終了で整列をしているとき、長岡等陸一曹のところに連絡係が来て、何ごとか話している。

「災害出動の待機命令が出た。全員、装備を整えて出発の用意をしておけ。すべての外出は中止だ。各自、隊舎で待機すること」

長岡が告げた。自衛隊法により、地震、洪水、津波、台風などの自然災害が起こったとき、災害派遣、地震防災派遣が行われる。人命や財産を護る応急救援と、その後の応急復旧だ。原則は知事などの災害派遣要請により、防衛大臣、またはその指定する者が派遣を決定する。

「場所は都内じゃないだろ。池袋に豪雨があって雹が降ったらしい」

「バカ言うな。ここらは晴れてた。十キロも離れちゃいない」

「ゲリラ豪雨なんてそんなもんだ。高速道路で遭うと怖いぞ。雨で前方が見えなくなるし、ハンドルやブレーキが利かなくなる。ハイドロプレーニング現象ってやつだ」

「場所はどこだ。そんなに遠くじゃないだろ」

「群馬の渋川じゃないのか。昼のニュースで吾妻川《あがつまがわ》の水位が急激に増していると言ってた。線状降水帯が昨日の夜から広がっているらしい」

「あの辺り、親戚が住んでる」

様々な声が聞こえてくる。

「待機命令、今月になって三度目だぜ。いい加減にしてくれよ」

「泣く子とお天道様には勝てないってことだ。デートは当分中止だ」

嘆く青山を、長岡が諭した。

隊舎に戻ると、出動の準備を整えて駐屯地内で待機することになる。その間は当然、外出は禁止で緊張を強いられる。

この状況を中村は嫌いではない。どこかで自分が期待されている、という気分になる。

ただし、災害初期の救出活動はいいが、遺体の捜索に従事するときにはやりきれない。泥水の中や瓦礫の隙間を覗きながら、不明者を探すのだ。その家族はわずかな希望にかけているが、叶うことはほとんどない。

「明後日までに片が付けばいいんだけどな。俺、久美子と買い物の約束がある。あいつが大型の冷蔵庫を買いたいと言うんだ」

青山の口調は半分困り、半分嬉しそうだ。「さっさと俺たちに任せればいいんだ。消防と警察で対応できなくなってから、俺たちに出番が回ってくる。何だか、納得がいかないけどな。おまえは腹が立たないのか」

「僕はいつでもいいです。一人でも命が助かればそれで満足です」

「勝手にしろ」

青山が呆れている。


夕食後、中村たちは娯楽室のテレビの前に集まっていた。

出動待機の指示が出ている間は、何をしていても落ち着かない。駐屯地内の連絡のできるところにいて、出動命令が出ると直ちに集合しなければならない。

テレビはほとんどのチャンネルで、ゲリラ豪雨のニュースが流れていた。

群馬の渋川市では、利根川上流と吾妻川が濁流となっている。二つの川の上流の三国山脈には、この数日で四百ミリを超える雨が降っている。その雨が二つの川に流れ込んでいるのだ。そして現在も一部では、豪雨が続いている。

すでに一人の死亡が確認されている。他に行方不明者が五人。この数は今後ますます増える見込みだとテレビでは告げている。

「ここから百十一キロの場所だ。ゲリラ豪雨が襲っている」

すさまじい雨が降っている映像が流れていた。道路を走る人のほとんどが傘をすぼめて、あるいはさすのを諦めて雨の中を突っ切っていく。

〈ワイパーは役に立たないようです。前方はほとんど見えません〉

車からの中継らしく、車は路肩に寄って止まった。

道路を流れる水は川のようだ。都内でも地下鉄の階段を滝みたいに水が流れ落ちていく映像もあった。

道路でタイヤの半分が水没して、動かなくなった車のライトが点滅し、クラクションが鳴り続けている。電気系統の一部が水に浸かり、壊れたのだろう。

〈雨足が弱まったようです。西の空には青空も見えています〉

カメラは雲の合間の青空を映し出している。

それから一時間後に出動命令が出て、中村たちは輸送トラックに乗った。

自衛隊の災害出動のトラックは関越自動車道に入り、群馬に向かった。高速道路は一般車両が通行禁止になっていて、時折り警察と消防の緊急車両を見かけるだけだ。百十キロ余り、通常なら約一時間半の距離だが、到着時は明け方だった。途中何度か豪雨に見舞われ、極端にスピードを落として進んだ。

高速道路を降りて渋川市に入ると、普通の町の光景とは違っていた。

渋川市は東に利根川と吾妻川、西は榛名山の丘陵地帯が続いている。都心に比較的近いために
バブル期に山の斜面を削って造られたゴルフ場が数多くある。

中村がトラックから降りると、目の前には一面の泥水が広がっていた。

吾妻川の堤防が決壊したのだ。山から流れてきた流木が橋に当たって堆積し、流れを堰き止めて堤防から水が溢れ出していた。泥水は稲が伸び始めていた田んぼを覆い、民家にまで流れ込んでいる。

「気をつけろ。急に深くなっているところがある。被災者は孤立した家に取り残されているか、濁流に流されている。まずは、家に取り残されている被災者を見つけ出して救出する。同時に流された被災者を目視で探せ」

長岡が指示を出して先頭に立って泥水の中に入っていった。

「自衛隊って、もっとカッコいいものだと思ってたぜ」

青山が中村に小声で囁く。

「僕はこっちの方がいいです。みんな喜んでくれます」

先を進む長岡を中村は追った。

第六章　接近

1

田久保が広島から帰ってから五日がすぎた。日本列島は大荒れで、大雨を降らせる前線がゆっくりと西から東へと移動していった。その後、梅雨明けが宣言され、本格的な夏に入った。

暑い日が続く中、異常気象は相変わらずで、日本のどこかで集中豪雨が起こり、竜巻に似た突風が吹き荒れている。時に大粒の雹が降って家屋や田畑に大きな被害を与えた。

田久保は各地の気象台と積極的に連絡を取り合っていた。自治体の首長に直接意見を言うこともあった。

「おまえ、何だか変わったな。広島から帰って」

「仕事の重要性に目覚めたのかな」

都築の指摘に対して、田久保は冗談交じりに応えたが、あながち間違いでもない気がする。今までもこの仕事が好きで真剣に取り組むも、学問的な興味が優先していた。自身が自然災害の被害を直接受けたことはない。両親を亡くした広島の土砂災害も、どこか他人目線で見ていた。いや、直視するのを意識して避けていたのかもしれない。

広島で再度、自分の育った家の跡地を見て、亡くなった両親のことを考えた。実際の被災者にも会って話を聞いた。住んでいた家を失くした人たちだ。田久保のように家族を亡くした者もいた。彼らにとってあの災害は、三年前に起こった過去の出来事ではない。今も向き合っている現実なのだ。被災者には、まさに人生を百八十度変える出来事だった。田久保は初めて、自分自身のこととして捉えた。自分たち気象庁の者はもっとできることがあったのではないか。

「慎重に通達を出すべきじゃなかったのか――」

都築が避難時の負傷者に関する新聞記事を目で追いながら言った。「そう言われても、明確な線引きなんてない、というのが本音だが」

避難勧告、避難指示を出す自治体の首長にとっては、気象庁の情報だけが頼りだ。それに加えて、各地域の事情も踏まえ指示の内容を決める。地形、山や河川の状況、土壌の状態、さらに住んでいる高齢者らも関係する。

「空振りに終わっても、後悔するよりはずっといい」

田久保は迷うことなく答えた。

「田久保さん、土木研究所の川端さんから電話です」

志保の声が聞こえた。田久保は受話器を取った。

川端は昨日の夜、調査を終えて広島から東京に戻ってきた。共有できそうなデータは日々、メールとともに添付ファイルで送られてきている。その量からもこの研究に対する川端の意気込みが感じられた。

〈先日の気象庁のコメント、出したのは田久保さんでしょ〉

「そんなこと分かるんですか。僕は思いのままを上司に伝えただけです」

〈気象庁としては、今までにない踏み込んだ内容だった。広島の土砂災害の反省も述べてたし。田久保さんは、自治体の首長にまで直接電話したそうじゃないか。単なる傍観者から、当事者になった。画期的なことだ。広島に行って、被災者の会の人たちの話を聞いたからじゃないのか〉

川端の声には多少の興奮が感じられる。

「都築さんにもそう言われました。被災者の生の声を聞くと、確かに大胆になります。二度と同じことを繰り返しちゃダメだ。そのためには、多少の空振りは許される」

〈災害は避けられない部分と人災の要素がより強くなる部分がある。我々は人災の部分をゼロに近づけるのが仕事だ〉

「行政を含めて、一体になってアプローチしなきゃならない課題です」

〈広島のような土砂災害は今後、日本中で頻繁に起こるよ〉

「脅かさないでください。確かにそのようだけど」

田久保はパソコンの画面に目をやった。川端が送ってきた、関東地域の土砂災害危険マップが表示されている。

受話器を置いたとき、志保が田久保を見ているのに気づいた。

「広島から帰って来て、田久保さん、違う人みたいで――」

「そんなことないです。でも仕事の重要性をより認識したのかな」

「気象予報士の試験、私ももっと本気になります」

その言い方があまりに真剣なので、田久保は思わず笑った。志保は怪訝そうな顔をしている。

「だったら、今までは本気じゃなかったってことですか」

「本気でしたよ。でも、今まで以上に頑張ろうって思って」

志保の顔にわずかだが赤味がさしている。

「だから田久保さんも、もっと本気で教えてくださいね」

志保も笑みを浮かべた。田久保は思わず視線を外した。可愛い笑顔だと思った。こんな気持ちになったのは、学生時代以来だ。


その日、田久保は定時を少しすぎた時間に気象庁を出た。地下鉄の駅に向かって歩き始めたとき、細い影が横に並んだ。

「志保さん、まだいたんですか」

「ちょっと、用があって」

子供はどうしているか聞きかけたがやめた。人にはそれぞれ事情がある。昼間の志保の笑顔が心の隅に残っていた。

「ここ、教えてください」

志保がカバンから問題集を出す。いくつかの付箋が挟んである。二人で近くのコーヒーショップに入った。

一時間ほど解答について説明した。思ったより志保は理解している。勉強は続けていたのだ。

「もう帰らなきゃ。もっと色々聞きたいんだけど。今日は母が家に来てるんです」

志保が立ち上がって頭を下げ、田久保を見つめてくる。

「今度、うちに来てください。夕食作ります。大したものできないけれど」

「きっと美味《うま》いだろうな。志保さんの料理なら」

「なにが好きですか」

「僕はなんでも食べますよ。子供のとき、好き嫌いを言うと叱られました。残すと、次の日も同じようなのが出るんです。食べないわけにいかなかった」

「うちの子にも、それやってみようかな。好き嫌いが多くって」

「今どきの子に通用するかどうか。うちの息子なんか、コンビニ専門で好きなものを食べてる。親の責任もあるんですが」

二人で連れ立って歩いていると、志保が寄り添うように身体を近づけてくる。思わず、周囲の視線が気になった。


田久保は久し振りに早い時間にマンションに帰った。早いと言っても八時をすぎている。

ドアを開けたが明かりがついていない。胸騒ぎを感じる。あわててキッチンに入ると、窓からの薄暗い光の中に人影が座っていた。

「どうしたんだ。電気もつけないで」

田久保は壁のスイッチを入れた。恵美は顔を上げようともせず、テーブルを見つめている。こういう姿は、仕事に出ていたときには見たことはない。いつも前だけを見つめて走り続けている女性だと思っていた。

「顔色も悪いし、夕食は食べたのか」

「お母さん、また病院でトラブルを起こしたの。もうこれ以上、一人では病院に置いておけないって」

細い消えそうな声が返ってくる。

「付き添いを頼むわけにはいかないのか」

「病院にお願いはしたんだけど、すぐには無理だって、一日付き添ってもらうと費用だって大変だし」

「身体の具合はどうなんだ。怪我の方はもういいのか」

「骨折の方はね。治りは遅かったけど、シルバーカーを使えば何とか歩ける」

恵美は田久保に訴える口調だ。「でも、歩くときは必ず見守りが必要だって言われた。今度転ぶと、寝たきりを覚悟するようにって。だから病院じゃ、夜は紙パンツをはいてる。看護師さんも、そのたびに手助けすることもできないし。そのましろってことね」

田久保は言葉が出なかった。義母の良枝については、しっかり者の自立した女性というイメージしかない。

「初めは嫌がってたけど、数日で諦めたみたい。悟ったのね。自分の力じゃ、どうにもならないって。でも、ちょっと元気が出てくると、色々我が儘も多くなって」

これ以上の入院は難しいと、退院を促されていることは聞いていたが、これほど急なこととは考えていなかった。

「どうすればいい。僕は――」

今度は恵美が黙った。自分の母親のせいで、家族の生活が大きな転機を迎えているのを十分に分かっているようだ。

「早く実家に連れて帰らなきゃと思う。そのための準備はやっている」

「だったら、すぐに引っ越せばいいいんじゃないか」

「でも、あなただって準備があるでしょ。剛志だって夏休みに入ってからの方がいいと思うし」

「数日の違いだろ。僕はしばらく横浜にいて、マンションの片付けをする」

自分のモノの整理だけだ。家財の整理などの準備や引っ越し業者の手配は、恵美に任せてある。

「本当にいいの。私と剛志が先に行っても」

「どうせ、これからは仕事で泊まり込みが多くなる。台風がいくつか接近している」

恵美が肩の力を抜いた気配が伝わってきた。

2

翌朝、病院から恵美に電話があった。すぐに来てほしいという。

良枝が深夜にベッドから抜け出し、シルバーカーを押して病院内を徘徊した。病室に連れ戻そうとした看護師に暴言を吐いて抵抗した。母親にそれだけの体力が残っているのに恵美は驚く。

田久保と剛志を送り出して、多摩の病院に向かった。

「ご自宅に帰れば、多少落ち着かれるかもしれません」

駆け付けた恵美に担当の医師が言った。

「落ち着くとはどういうことですか」

「精神的に安定するということですが、保証はできません」

いずれは、という覚悟はできていて準備も進めていたが、現実的に切り出されると戸惑う。

「今日中ということは無理でしょうが、できるだけ早く。骨折の方は週に二、三回リハビリに通うだけで問題はありません」

すでに決定事項のような医師の口ぶりだった。三ヶ月に及ぶ長期入院で、認知症はかなり進んでいると覚悟した方がよさそうだ。

「二、三日は病院で対処しますが、それ以上は難しいでしょう。いかがでしょうか」

「その間に自宅に戻る準備をするということですね」

医師は頷いた。ホッとした様子が感じられる。

帰ろうとすると、いつもの看護師が寄ってきた。

「大変だと思います。ご自宅の準備はできていますか」

「部屋は片付けています。段差の解消や手すりの取り付けは、ある程度できています。父親が生きているときに、やったので」

恵美は相談室に案内された。看護師が介護用品の一覧表を出す。

「介護用ベッドがお母さんには必要です。パイプ製の手すりが付いたものであればいいです。立ち上がるときに必要ですから。まだトイレには自分で行けますが、一人だと危険です。付き添いが必要です。次に転んで骨折でもすれば、寝たきりになる可能性があります。これから秋、冬となると排尿の失敗があります。ゴムの入った防水シーツがありますから、それを使うといいでしょう。現在は紙パンツですが、家でも使われた方が楽です」

看護師は一時間近くかけて丁寧に説明した。

恵美にとっては初めて聞くことばかりで、メモを取った。母の衰えを直に感じることでもあり、悲しみがこみ上げてくる。

突然の事態の進展にあわてたが、どうせ今はすることがない。腹をくくった。ベッドはその日のうちに手配した。

今までの準備は寝室だけだったが、生身の人間が生活する環境を整えるには数倍の手間がかかった。さらに引っ越し業者の手配や連絡などで数日間は忙殺された。剛志はほとんど何もしなかったが、以前の反抗的な言動は減っていた。それだけでも気が楽だった。

夏休みに入った日に、恵美は剛志とともに多摩に引っ越した。

翌日、病院から良枝を連れて帰った。

「もうすぐ私の家よ。長い間、留守にしてて。お父さん、元気にしてるかしら」

良枝はタクシーの窓から町の景色を見ながら呟いていた。「あんたも一緒に住むの？　お父さんはどう言うかしら」

タクシーに乗っている間、良枝は嬉しそうだった。家の前にタクシーが止まる。

「お母さん、早く降りてよ」

支払いを終えた恵美が良枝を促した。良枝は窓から三ヶ月ぶりの我が家を眺めたまま、降りようとしない。

恵美は手を取ってタクシーから降ろした。良枝はシルバーカーにもたれるようにして、家と花壇に目を向けている。

「どうかしたの。変わっちゃいないでしょ。変わらないように努力してたんだから」

「ここ、うちじゃないよ。花壇が違ってる」

良枝の表情が変わった。声にも棘《とげ》がある。感情の起伏が激しいです――医師の言葉が恵美の脳裏をよぎる。

「なにバカなこと言ってるのよ。お母さんの家よ。庭は大里さんが雑草を抜いて綺麗にしてくれたの。家の中には、シルバーカーのまま入ってもいいからね」

「ここがうちだって言い張るんなら、お父さんを呼んでおいで」

「やめてよ。お父さんは三年前に亡くなったでしょ」

恵美はなんとか宥《なだ》めた。良枝は中に入ると自分の家であることを思い出したのか、表情がやわらいでいる。

「お母さんは当分の間、横浜とここを行ったり来たりしなきゃダメだから、お祖母ちゃんのこと頼むわよ」

剛志は黙ったまま、自分の部屋に入っていく。


次の日、良枝を見ているように剛志に頼んで、住民票などの手続きのために横浜に行った。

横浜から帰ると、家の前に男女数人が集まっていた。大半が高齢者で、大里夫妻の姿も見える。

「山村のお婆さんが角の溝に落ちて、死にかけたって」

中年の女性が説明する。恵美が初めて見る女性だった。

「こちら、娘さんよ。大げさに言うと、心配するじゃない」

大里の奥さんが言った。「道路を歩いてて、車が来たので、よけた拍子に溝に片足を突っ込んだのよ。怪我も腕を擦りむいただけ。病院に行く必要もないし、大したことないから」

「母はどこです」

恵美は思わず声を上げた。

「家の中よ。お孫さんが面倒を看てる」

「しっかりしたお孫さんね」

中年の女性が言った。

恵美はあわてて家に入った。良枝はソファーに座って、麦茶を飲んでいた。前に剛志が立っている。

「お祖母ちゃん、大丈夫なの」

「心配ないよ。溝に落ちて、腕を擦りむいただけだから」

「まだ一人で出歩くのは無理なのよ。それなのに――」

「歩くのはリハビリだって言ってただろ。溝といったって深くはなかった。大したことないって」

面倒くさそうな剛志の声が返ってくる。

「見てて頼んだでしょう。外出はさせないようにって」

「僕がトイレに入ってる間に出て行ったんだよ」

剛志がぼそりと言うと部屋に戻っていく。

良枝は二人の会話など耳に入らないのか、黙々と麦茶を飲んでいた。ペットボトルが半分になっている。

恵美はあわてて良枝の手からコップを取った。取り戻そうとしてくる良枝の腕をつかむ。

その日は、良枝を早めにベッドに連れていった。

キッチンで一人座っていると、家の電話が鳴り始めた。相手は大里夫人だった。遠慮がちな声で聞いてくる。

〈山村さん、具合はどう？〉

「昼間はありがとうございました。十分なお礼も言えなくて」

〈それはいいんだけど、お母さん、認知症がかなりひどくなってると思う〉

恵美は絶句した。看護師と同じことを言っている。

〈病院じゃ、長い間、寝たきりだったんでしょう。入院すると症状が進むって言うし。ご近所の

人とも話していたんですよ〉
「私は前の症状をよく知らないんで――」
〈お父さんが帰ってこないんで捜しに出たって言ってました。私のことも分からなかったみたい。入院前は、こんなことはなかったんですよ〉
「以後気を付けます」
〈よけいなことだとは思うんだけど――〉
夫人はそう前置きしてから続けた。〈お母さん、もう一人で外出は無理だと思う。今日も道路の真ん中を歩いてたんだって。車が止まって、クラクションを鳴らしたとき、悪態をついて道路わきに寄った拍子に足元がふらついて、溝に落ちたらしい〉
恵美の脳裏にはまさかとの驚きと、ありうることだという思いが交錯した。
〈この町にも高齢者が多くなって、同じような人が何人もいるの。一人で世話するの大変だと思う。デイサービスやショートステイなんてのも考えてみたら〉
大里夫人がまた遠慮がちに言った。〈自分で何でも背負い込もうと思ったらダメよ。私も昔母を看てたから、よく分かるの〉
自分には遠いと思っていた世界が現実に迫ってきていることを、恵美は実感した。

3

剛志は眠れない夜をすごした。昨日の祖母は剛志の知る祖母ではなかった。顔つきまで、違う人のように思えた。剛志がトイレに入っていたほんの短い間にいなくなったのだ。一時間ほど近所を捜したが、見つからなかった。

明け方になってやっと眠ったが、セミの声で目を覚ました。時計を見ると正午近くになっている。母親が起こしに来なかったのは、自分と同様に眠れなかったからだろう。

部屋の中が暑くなっている。窓を開けると熱風が吹き込んでくる。

キッチンに行くとすでに食事の準備ができていた。母親の姿はない。用意をして、また寝たのだろう。

「剛志ちゃんだね」

声に振り向くと、祖母が立っている。

「セミ取りにはいかないの。あんなに鳴いてる」

「僕、もう中学二年だし――小学生じゃないんだよ」

「お祖父さんを呼んでおいで。三人で山の方に行ってみようよ」

言葉遣いははっきりしているが、剛志に向ける視線はどこか定まらない。

「食べてから考えるよ」

食事中、祖母は椅子に座って剛志を無言で見ている。食べ終わったときに、母親が入ってきた。

「今日はお母さんが付いてるから、剛志は遊んできていいわよ。あまり遅くならないでね」

母親はかなり疲れた顔をしていた。やはり寝ていないのだ。

図書館に行くと言って家を出た。一軒おいた隣の庭先で、男の子がこちらを見ている。目が合うと、頭を下げられた。

「山口純一です」

「田久保剛志」

剛志はぶっきらぼうに答えた。

一年下だと聞いているが、身長は自分より数センチ高い。色白で端整な顔つきをしていた。

「僕のお母さんと、田久保くんのお母さん、子供のころ友達だったんだ」

「そんなこと言ってたな」

それがどうしたと思ったが、口には出さなかった。

「中学校まで案内しようか。ここから歩いて十五分くらい」

「知ってる。何度も行ったことがある」

「そうだったね。昔はよくここに来てたって、お祖母ちゃんから聞いてる。僕は三年前まで来たことなかった」

いやに馴れ馴れしい奴だと思った。自分より一年下だから、そう感じたのかもしれない。

「おまえより前からこの辺りは知ってる。学校の裏山じゃ、よくカブトやクワガタを取った」

「そんなのがいたの？　今は裏山のあの辺り、開発が進んでる。山の斜面のほとんどが削られて、二十一世紀多摩ニュータウンって名前で売り出されてる」

「太陽光発電もできてるだろ。前に来たとき、お母さんと行った」

純一くんの前じゃ、お母さんやお父さんの話をしちゃダメよ。亡くなってるんだから——母親の言葉を剛志は思い出した。

「おまえ、ゲームは持ってるか」

年下だし、真面目でおとなしそうな奴に見える。優司のようなことにはならないだろう。貸したゲームは返してもらったことがなかった。

「持ってたけど、全部なくした。家が土砂に流されたんだ。今はお祖母ちゃんが買ってくれた一つしか持っていない」

「だったら、僕のを貸してやるよ」

「でも、ここには色んなものがあるよ。山の方に行ってみよう」

言葉を交わしているうちに、次第に打ち解けてきた。二人で一緒に裏山に行った。

「いつからここにいる」

「小学校四年生のときだから、三年前かな」

「僕は小学校のときは夏休みは半分以上、お祖母ちゃんの家ですごしてた」

「会ったことないね」

「色々あるんだよ。おまえだって、そうだろ」

二人で歩くうちに、昔の記憶が蘇ってきた。三年の間に、ずいぶん変わったことに驚いた。

「山はもっと広かったんだ。あの宅地と太陽光発電のところは、完全に山だった。林が広がってて、毎日虫取りに行った。お祖母ちゃんたちと」

純一は真剣な表情で聞いている。

その日は夕方まで二人で山の近くを歩いて、家に帰った。別れるとき大里のお婆さんが出てきたので、剛志は軽くおじぎをした。

夕食は母親と二人きりだった。祖母は寝ているという。

「体調が悪いの？」

「年寄りなんてそんなものよ」

母親がぶっきらぼうに言う。「大里さんちの純一くんに会ったんだって？　一緒に山に行ったと、大里のお婆ちゃんが言ってた。どんな子なの」

「普通の子だよ」

「塾はどうするの。新しいところ探してみてよ。その子に聞いてみるのもいいんじゃない」

剛志は答えなかった。純一から塾の話は出ていない。

「山本先生のこと、知ってる？」

突然、母親が聞いてきた。「新学期から他の中学に移るらしいわ。学校のことで中谷くんのお母さんに電話したら言ってた」

中谷は同じクラスで、マンションも同じだった。

「もう、関係ないよ」

「色んな噂が流れてるって」

母親が剛志の方を見ている。「学校が山本先生のスマホを調べたらしい。もちろん、本人の許可を取ってね。変な写真も写っていなかったし、メールにもおかしなのはなかった。山本先生は何もしていないと判断したらしい」

「指紋を調べればいい。先生以外の指紋が出れば、そいつが関係してるかもしれないし」

「調べ直したのかしら」

「知らない。もう僕には関係ない。あの学校、辞めたんだもの」

「剛志、何か知ってるの？　だったら、お母さんに言いなさい。悪いようにはしないから」

「知るわけないだろ」

「お母さんは剛志が心配なだけ」

母親が軽く息を吐いた。「いくら山本先生の疑いが晴れたとしても、一度は盗撮者のレッテルを貼られてる」

「でも、無実だったんだ。堂々としてればいいだろ」

「学校は考え方が一見新しいようで、頭にカビが生えてるのよ」

剛志はテーブルを離れて自分の部屋に戻ると、勢いよくドアを閉めた。

山本のことが頭に浮かんだ。深夜の公園で剛志とは知らないで声をかけてきた。普段も公園を見回り、子供を気にかけているのだ。

彼に言われたように、勉強したら成績は上がった。英語、国語、数学、理科、社会は全科目八十点以上だ。数学は九十二点、クラスで二番だった。答案を返すとき、あからさまに訝しんで剛志の顔を覗き込む教師もいた。

試験の結果を親に見せなくなったのは一年生の三学期からだ。両親も何も聞かなかった。小学生のときは、あれほどうるさかったくせに。今では試験があったことすら知らないのではないか。

4

〈今回の記録的豪雨により渋川市の利根川上流と吾妻川が氾濫しました。百二十三戸が水に浸かり二百七十三人が被害を受け、現在も避難所にいる方もいます。警察、消防、自衛隊の捜索により、行方不明だった二人が発見されましたが、病院に搬送されて死亡が確認されました。この豪雨では三名の方が亡くなっています〉

テレビには上流の山から流れて来た無数の流木と、泥水に浸かった家々が映し出されている。

〈今週からボランティアが全国から入り、家の中にたまった土砂を排出するのを手伝っています。今回のような線状降水帯による大雨は、今年は頻発するだろうという予報が気象庁から出されました〉

中村は青山たちと娯楽室でテレビを見ていた。

一人の隊員が声を上げて指さした。

「あれ、中村じゃないのか。子供を抱き上げてボートに乗せてるの」

「到着した日の午後です。泥水の中に孤立した家から、長岡一等陸曹が救い出した子供をボートに乗せただけです」

「おまえ、災害派遣になると急に生き生きして、存在感が増すんだな。ここは消防署じゃないぞ。本来の仕事は外国の脅威から国民を護ることだ」

青山が冗談交じりに言うと笑い声が上がった。

「災害だって同じことです。国民を護るってことについては。外国の軍隊が、自然の脅威になっただけです」

「うまいこと言うな。じゃ、やっぱり来年も自衛隊にいるか」

その質問に対しては中村はまだうまく答えられない。自分の中では、すでに答えは決まっているような気がする。

「叔父の野郎からの連絡はないのか。あったら、絶対に俺に言うんだぞ」

この間会ったきりだ。口座のほとんどの金を引き出したので、当分は用がないのか。

「久美子がおまえを見てると頼りない弟のようで、護ってやれってうるさいんだよ」

青山がしみじみとした口調で言う。

消灯時間が近づき、中村は青山と部屋に戻った。部屋に入ったとたん、中村のスマホが鳴り始めた。

「出ろよ。叔父の野郎なんだろ。この時間に、おまえに掛かってくる電話は」

「いいですよ、後で掛け直しますから」

青山が中村からスマホをひったくった。

「おい、俺は中村の戦友で青山って言うんだ。おまえ――」

青山が途中で言葉を止めて、背筋を伸ばす。「長岡一等陸曹でしたか。中村と替わります」

中村は電話に出て、はいを繰り返した。

スマホを切ると、青山が会話の中身を聞いてきた。

「この前の災害出動で、被災者から感謝の言葉が届いてるそうです。その中に、僕の名前があったと言ってます」

「戦闘訓練じゃ、俺がいなきゃとっくに死んでる。何度助けてやったか。人にはなんかの取り柄があるってわけか」

「お婆さんを背負ってボートまで歩いたんです。下ろしたとき、お婆さん、手を合わせてました。拝まれたのって初めてです」

「若い女だったら、俺が背負ってるよ」

「長岡一等陸曹、戦友はないだろうって。何にでも文句をつけてくるのがいるから、言葉には気をつけろって言ってました。でも声は嬉しそうでしたよ」

「多摩のジュンはどうなった。おまえが広島で命を救った中学生。会いに行ったんだろ」

「なんで知ってるんですか」

「部屋に多摩の駅周辺の地図があった。赤丸が付いて、そこにジュンて書いてある地図もな。おまえが多摩に行く理由は一つしかないだろ」

中村は黙っている。

「関わるのはよくないぞ。うるさく言われる。ここに残るつもりなら考えろ」

中村は多摩の住宅地を思い浮かべた。

先週の災害出動の被災地は洪水が主だった。吾妻川が氾濫して、泥水が住宅に流れ込んだのだ。

死者は三名。全員が七十歳以上の老人だ。一人は避難が遅れて、家と一緒に流された。二人は、川の様子を見に行き行方不明になった。遺体が見つかったのは今週になってからだ。

自衛隊の任務は最初は濁流の中に孤立した住民の救出、次に行方不明者の捜索。その後は、濁流に削られたり、土砂でふさがれた道路の復旧だ。

青山はショベルカーで土砂を撤去していた。中村も来月にはショベルカーの運転免許証が得られる。復旧により貢献できるだろう。

すぐに青山のいびきが聞こえてきた。中村は長岡との話について考えていた。青山に言わなかったことがある。

〈中村誠治という男が警察に逮捕された。おまえの叔父さんだろう。彼の手帳におまえの名前と住所、電話番号があったそうだ。警察はおまえに電話をする前に自衛隊に電話してきた。明日にでも、おまえにも電話がいく。あったことを包み隠さず、すべて正確に話すんだ。叔父さんをかばおうなんて気は起こすな。ウソはウソを呼ぶ。いずれ、とんでもないことにもなる。明日、会って話したい。分かったな〉

長岡は一気に言った。中村はただ頷きながら聞いていた。

叔父さんはいったい何をしでかしたのか。中村の頭に様々な考えが交錯した。

翌朝、食事前に中村は長岡に呼び出された。

長岡は中村を連れて会議室に入った。今まで見たことがないほどに深刻な顔をしている。

「叔父さんの罪状は強盗殺人未遂。盗みに入った家で老夫婦に気づかれ、持っていたナイフで刺した。幸い軽傷だった」

「叔父さんはなんて言ってるんですか」

「殺す気はなかったと。借金があって、まとまった金が必要だった。老人を刺して、何も取らずに逃げたそうだ。警邏《けいら》中の警官に見つかって、職質されて交番まで連行された。服に血が付いていたんだ。おまけに、覚醒剤もやっているらしい」

長岡の話ではかなりの重罪の部類に入るらしい。おそらく、十年は出られないそうだ。中村の心には安堵と不安が入り混じっていた。

「僕と一緒か……」

思わず呟く。中村は最後に駅前の喫茶店で会った叔父の顔を思い浮かべた。顔色は悪く、肌は荒れていた。目つきも異様で身体も痩せ細っていた。叔父には子供と奥さんがいたが、家を出ている。事情は知らないが、孤独だということに間違いはない。

「なんの話だった」

隊に戻ると、青山が寄ってきた。

「なんでもありません。ありがとうございます。心配してくれて」

久美子がおまえを見てると頼りない弟のようで、護ってやれってうるさいんだよ――青山の声が蘇ってくる。

突然頭を下げた中村を青山が怪訝そうな顔で見ている。

5

恵美はキッチンに座っていた。剛志は図書館に行っている。良枝はまだ寝ていた。昨夜はずっと良枝の部屋で物音がしていた。

デイサービス、ショートステイ――大里夫人に言われた言葉が脳裏に浮かんだ。

〈いずれは施設に入れた方がいいと思う。利用できる制度はすべて利用するの。複雑だけどね。日本はけっこう恵まれている。無理はしないのよ。あなたの方が潰れるから〉

大里夫人の最後のアドバイスについてずっと考えていた。看護師もそれをにおわせていた。

その通りだと思う。二十四時間寄り添うことはできない。自分が潰れる。今でもこの有り様だ。

ドアチャイムが鳴った。良枝に起きてこられては困る。あわてて玄関に出た。

二人の男が立っている。一人は二十一世紀多摩ニュータウンの斉藤だ。もう一人はおそらく五十代後半。額が後退し、残っている髪にも白髪が目立っている。

「僕の上司です。二十一世紀多摩ニュータウンの責任者です」

斉藤の紹介とともに男が名刺を出した。二十一世紀多摩ニュータウン、担当部長、加藤正雄とある。

「奥さんのことを話したら、是非、お会いしてお力添え願いたいということです。突然のことで失礼とは思いましたが、連れてきました」

加藤が深々と頭を下げた。横で斉藤も同じようにする。

「サイバーアドに在籍しておられたと聞いています。斉藤にいただいたアドバイスも適確でした。さっそく、本社に伝えました」

初めて会った日の夜、横浜に帰ってから会社について調べた。業界の上位二十社には入っているのだろうが、知名度は低い。二十一世紀多摩ニュータウンのプロジェクトは、恵美の目にも荷が重すぎると感じた。社運を賭けた一大プロジェクトなのかもしれない。そして、苦戦している。藁《わら》にもすがりたいのが、本音なのだろう。

「うちの仕事を手伝っていただけませんか」

「でも、私は家には面倒を看なければいけない母親がいますし――」

「フルタイムじゃなくていいんです。家でもできる仕事です。二十一世紀多摩ニュータウンを完売したいんです。そうじゃなかったら、うちの会社、かなり厳しくなります」

余計なことは言うなと加藤が斉藤のわき腹を肘で突いた。

「うちの営業には限りがあります。経験者の手助けがあれば、非常に心強いです。よろしければ話を聞いていただけませんか」

加藤がゆっくりと頭を下げた。斉藤もあわてておじぎをした。

一時間ほど会社と二十一世紀多摩ニュータウンの状況について話した。二人は再度、深々と頭を下げて帰っていった。玄関ドアが閉まってから、渡されたパンフレットを持ってリビングに戻ると、思わず立ち止まった。テーブルの向こう側に良枝が立っている。

「もっと寝ていればいいのに。昨夜、あまり寝てないでしょ」

「誰が来てたの」

「お客さんよ」

「私のお客さんでしょう。なぜ、起こしてくれなかったの」

意外とはっきりした口調だった。顔にも昨日は見られなかった生気と言うべきものがある。ただ、良枝が歩くと尿の臭いが広がった。

「お母さん、お風呂、わかそうか。病院から帰って入っていないでしょ」

「そうだね。スッキリするかもしれない」

素直な言葉が返ってくる。二人と仕事の話をして恵美の気分がゆったりしているせいか、表情も穏やかなのだろう。それで良枝も素直になったのか。

「やはり、私には仕事が必要なんだ」

無意識のうちに呟いていた。


良枝は食欲もあり、体力の回復は著しかった。それにつれて、恵美は目が離せなくなった。

恵美は良枝と向き合っていた。良枝が自転車で買い物に行くので、鍵はどこだと言い出した。

「五分とかからないよ。スーパーに行くだけだから」

「自転車なんて乗れないでしょう。まともに歩けないのに」

「また、私をバカにする。あんた、誰なのよ。勝手にうちに上がり込んで」

良枝はシルバーカーを押して、玄関に向かおうとする。その前に恵美は立ちはだかった。

「なにがほしいの。私が買ってきてあげるから」

良枝は恵美を払いのけて、歩き出そうとする。

「お願い、お母さん。言うことを聞いて」

恵美は拝むような気持ちだった。「家でじっとしててよ。やっと歩ける状態なのに、自転車なんかに乗れるわけないでしょ。もう歳だし、骨折が治ったばかりなんだから」

恵美は泣きそうな声で頼んだが、良枝はシルバーカーをぶつけて押し退けようとする。この強情さは認知症からくるものなのか。自分が知らない母親の一面に触れる思いだった。

この調子だと、近所にはずいぶん迷惑をかけていたに違いない。大里夫人は多くは言わなかったが。

一時間近くかけて良枝を宥めた。良枝を剛志に頼んで、恵美は薬局に良枝の薬を取りに行った。

一時間余りで家に帰ると、中はひっそりとしていた。リビングでは剛志が一人でゲームをやっている。

慌てて家中を捜したが、良枝の姿が見当たらない。シルバーカーもなかった。

「お祖母ちゃん、どこに行ったか知らない?」

「見張ってたわけじゃないよ」

「お祖母ちゃんをお願いって言ったのに、ゲームばかりやってたんでしょ。家を出て行くの気がつかなかったの」

「知らないよ」

剛志はブスッとした顔で部屋に戻っていく。

恵美は出かかった言葉を呑み込み、外に出た。自転車はある。シルバーカーを押しながらでは、そんなには遠くまで歩けない。タクシーに乗ったか、駅に着いて――。でも、お金を持っていないはずだ。

認知症で行方不明になる高齢者は現在一年間で一万五千人を超えていると聞いている。外出中に迷子になり、とんでもないところで保護される。身元が分からないために、何年も施設で保護される場合もあるらしい。恵美の中に不安が膨らんでいった。

一時間ほど近所を捜し回ったが、良枝の姿はない。額の汗を手の甲で拭った。この暑さは年寄りにはこたえるだろう。涙が出そうになった。

ひょっとしてと思い、家に戻ったが、良枝は帰っていない。近所に聞いて回ろうかとも考えたが、決心がつかない。

剛志が部屋から出てきた。恵美の顔を見て眉根を寄せた。

「剛志、お祖母ちゃんから連絡はなかった」

「あるわけないだろ」

剛志の視線を追うと、良枝の携帯電話が置いてある。半年ほど前から使わなくなっている。電話しても出ることはなかった。手に持ったまま、ジッと見ている良枝の姿が記憶に残っている。

「どこかから電話はなかった？　病院とか警察とか――」

交通事故か、どこかで保護されているか、様々な状況が頭に浮かんでくる。剛志がドアの前に立つ恵美を押し退け、玄関に向かった。

「どこに行くの」

怒鳴ったが返事はない。玄関のドアが勢いよく閉まる音が響いた。

スマホが鳴った。慌てて確かめるとメールが入っている。〈引っ越したと聞いた。会ってくれないか〉高柳だ。恵美はメールを消去した。


一時間ほどしてドアチャイムが鳴った。

玄関に出るとその場にしゃがみ込みそうになった。全身の力が抜けていく。剛志に手を引かれた良枝が立っている。

「どこに行ってたのよ、お母さん」

「水を飲ませた方がいいよ。クーラーの効いたところで麦茶を飲んでたけど、歩いて帰ってきたから」

「お祖母ちゃん、どこにいたの」

「この前行った山の方だよ。今は山が崩されて宅地になってるけど、四年前は山だったところ」

「なんで、お祖母ちゃんがそんな所にいるって知ってたの」

「知ってたわけじゃないよ。第二候補だったけど。あそこに小さな公園があって、ベンチがあった。よくお祖父ちゃんたちと行ったんだ。僕がカブトやクワガタを探してる間、お祖母ちゃんとお祖父ちゃんは、ベンチに座ってた。だから、行ってみたんだ。今はないけどね」

「公園がなくなってるのに、お祖母ちゃんどうしてたの」

「前に会った、おじさんがいたでしょ。宅地造成販売会社の人。あの人の事務所でお茶を飲んでた。公園を捜して歩いていたんだ。おじさんがもうないことを説明したんだけど、うまく伝わらなかったらしい」

恵美は斉藤の調子のいい顔を思い浮かべた。

「かなりフラフラだったんで、事務所に連れてって、休ませて水分補給をしてくれてた」

「お母さん、もう一人で出歩かないでよ」

恵美が言っても、良枝に表情はなかった。

「剛志、ありがとう――」

振り返って言いかけたが、剛志はすでに階段を上がっている。良枝は意思を失くしたような目で、玄関に立っている。

6

気象庁の定例会見が終わった直後だった。八月に入り、会見は日に二回、必ず行っている。相変わらず異常気象が続き、降水量、最高気温、最低気温も観測史上最高という表現が頻繁に使われていた。

田久保のところに都築が寄ってきた。

「引っ越すんだってな」

「剛志と恵美はもう多摩の家に行ってる。お義母さんを病院から引き取った」

「これからますます大変になるぞ。きみのところは、あと義母一人だけか。うちもあと一人、僕の父が残ってる」

都築は二年の間に、妻の両親と自分の母親を続けて亡くしている。口では気楽に話してはいるが、実際にはかなり大変だったらしい。

妻は一人っ子で、最後の半年間はほぼ大阪の実家に帰ったままだったという。都築には子供がないので、その分、楽だと言っていたが、実際はそうでもなかったようだ。一時期かなりやつれていたが、弱音は聞いたことがない。

「嫁さんの大変さがひしひしと分かったよ。介護は決して前向きな仕事じゃないからね。本人が将来的に元気になって、社会復帰するということでもない。ひたすら耐えるのみ」

「こっちも、色々と大変なことになりそうだ」

田久保は視線をパソコン画面に向けたままだった。ここ数日間で南太平洋には、六つの台風が発生している。日本に向かっている三つのうち二つは九州に上陸し、本州に沿って北へ向かっていくと予想されている。あとの一つは太平洋を北上し、小笠原諸島を通って関東地方を直撃する可能性がある。

都築がパソコンを覗き込んでくる。

「日本は台風銀座というわけか。ここ数年、南太平洋の海水の高温が続いている。この傾向が常態化してくると、台風が増えて大型化するのも脅威だが、一年を通しての台風銀座になる」

今年はエルニーニョ現象により、南海の海水温が異常に高い。発生した台風は海水の高温のため急激に勢力を増し、かつて例を見ないほどの水分を含んだ雨雲を伴って日本に迫っている。

「明後日には父島に影響が出始める。おまえもゆっくりできるのは今日だけだぞ。早く帰って、身体を休めておいてくれ」

都築が田久保の肩を叩いた。

日本に向かう台風の中でも最大級のものが、現在南太平洋を北上している。


その日、田久保は定時に気象庁を出た。志保からメールが来ていた。

〈今日、食事に来てください。駅で待っています〉

彼女は今日は休みだった。休日出勤分の代休と聞いている。

駅を降りると志保が待っていた。肩を大きく出したベージュのワンピースを着ている。田久保は目のやり場に困った。仕事中とは全くの別人に見えた。歩き始めると志保が身体を寄せてくる。シャンプーの香りが田久保を包んだ。

「カレー、作っておきましたから。本当を言うと、これしかできないの。手軽で子供が喜ぶし。でも子供は母のところ。家も広いし、母さんも孫を預かることを喜んでいますし」

「うちも、妻の母親にはよく子供を預かってもらってました」

「田久保さん、今一人なんですよね」

「横浜ではね。妻は子供を連れて多摩の実家にいます」

「近々、引っ越すって聞いたから、一度ゆっくり話せればと思ってました」

志保が田久保の腕を取った。田久保はどうしていいか分からなかった。

食事の用意はできていた。

「今日はゆっくりしてってください。泊まっていってもいいですよ」

志保がビールを注ぎながら冗談ぽく言う。

「まず、疑問点を片付けましょう」

田久保はかすれた声を出した。

三十分ほど気象予報士のテスト問題を解いたが、前回と違って志保も上の空だ。田久保は問題集を閉じて聞いた。

「お子さんのお父さんは」

「トラックの運転手。日本中を走ってる。色んな所に女を作って、子供もいるんじゃないでしょうか」

「離婚したって聞きましたけど」

「まあ、私も若かったし、彼、背が高くってイケメンでした。今考えると、調子のいい男」

志保は世間話でもするようだった。聞いている田久保が戸惑ってしまう。

「よくある話だけど、酔うと暴力をふるうんですよ。人格が変わるっていうのは、あの人のことでした。子供のためと思って別れました」

「簡単に離婚してくれたんですか」

「私が貯めてたお金、全部あげました。大した額じゃなかったけど」

志保が田久保の隣に座った。初めて志保に会ったときの香りが、シャンプーに混じって漂う。

田久保の膝に志保の手が置かれたとき、スマホが鳴り始めた。志保が反射的に身体を離した。

「メールだ」

田久保はスマホを出した。気象予報官の習性で、緊急連絡が常に頭の中にある。

恵美からのメールだった。〈今日は、多摩に来て〉

田久保はスマホをポケットにしまった。

「奥さんからですよね」

「大したことじゃないです」

「ウソ。顔を見れば分かります」

メールの文面は短いが、恵美の切なる願いが込められたモノに違いなかった。ほんの半年前まではでは、自分から何かを頼むようなことはなかった。

志保が立ち上がった。

「帰った方がいいです」

「たぶん、お義母さんのことだ。認知症が出てるんです。だから――」

「じゃ、急いでください。私のことはいいから」

志保が田久保の上着を持ってきた。

多摩センター駅を降りて恵美の実家にタクシーを走らせた。電車に乗っている間中、志保の姿と恵美のメールの文面が頭の中で交錯していた。何度かスマホを出して返信ボタンを押しかけたが指先が止まった。怖かったのだ。どうせすぐに現実に向き合うことになる。

駅からはタクシーで十分ほどだ。都心より空気がいくぶん涼しく感じられる。

家のある地区に近づくと、人通りはほとんどない。高齢者の多く住む地域だ。角を曲がると家の明かりが見える。

ドアを開けるとエアコンの低い音がするが、漂う空気が違っている。重く暗い空気だ。田久保はあわてて奥に入っていった。

キッチンに恵美が一人座っている。

「お母さんがいなくなって――」

「警察には？」

「昼間の話。今は眠っている」

恵美が昼間の出来事を話した。いつの間にか涙ぐんでいる。こんな恵美は初めてだった。

「これからも続くのかしら」

「病院から家に戻って、混乱したんだろ。落ち着けばそんなこともなくなる」

「あんなに戻りたがっていたのに」

恵美が消え入りそうな声で言う。顔を上げた田久保は思わず叫びそうになった。

「どうしたの？」

恵美に聞かれても田久保は答えられない。恵美の背後に良枝が立ち、無言で田久保を見つめている。

「お母さん、どうしたの」

振り向いた恵美が言った。

「そろそろ食事の時間じゃないの。もう、暗くなってる」

「食事って、夕飯はとっくに食べた。もう寝てる時間よ。お母さんだって眠ってたんでしょ」

「私、夕食はまだですよ。あなたたちだけで食べたんでしょ」

そう言って冷蔵庫に向かう。

中を物色していたが、牛乳パックを出すと口をつけて飲み始めた。こぼれた牛乳が良枝の首筋とパジャマを濡らしていく。

「やめてよ、お母さん。しっかりしてよ」

恵美が泣くような、懇願するような声を出して良枝の腕をつかむ。牛乳パックを取り上げようとした恵美の手を良枝が振り払った。牛乳パックが良枝の手を離れた。こぼれた液体が床を白く染めていく。その中に良枝が座り込んで手をついた。

田久保はあわてて良枝を抱き起こした。

「きみはお義母さんを着替えさせて。こっちはやっておく」

恵美の手から雑巾を取った。

キッチンの入口に剛志が立って三人を見ている。

「なんでもないから。早く寝なさい」

恵美が声をかけると、剛志は何も言わず部屋に戻っていった。

牛乳を吸って白くなった雑巾を絞りながら、田久保は茫然としていた。

風呂場で良枝を着替えさせて、部屋に連れて行った恵美が戻ってきた。目が赤くはれている。

「きみも寝た方がいい。しばらく満足に寝てないだろ」

7

翌朝、恵美はキッチンの床に座っていた。それだけで意識が抜けていくような気がする。夜ずっと起きていたせいか、良枝はまだ眠っている。

徘徊は二、三時間おきに明け方まで続いた。最初の何回かは飛び出せる準備をして、寝室のドアを細く開けて見守っていた。良枝は、シルバーカーを押しながらリビングに行き、一回りして寝室に戻った。

明け方になってからは音だけを聞いていた。立ち上がろうにも力が入らない。自分の力が母親に吸い取られていくような気がする。

横では田久保が低い寝息を立てていた。この人は、神経質なのか鈍感なのか分からなくなる。自分の興味のあることには細心の注意を払う。他のことは驚くほど抜け落ちている。無関心なのだ。義母の行動については恐らく興味の外だ。

朝、田久保が出かけたころには良枝は眠ったらしく、物音ひとつ聞こえない。心配になって部屋を覗くと首まで布団をかぶっていた。それも、いつ出したのか羽毛の冬布団だ。エアコンを見ると切られているのであわててつけた。

朝食の用意をしている最中に、剛志が起きてきた。図書館で勉強したらと提案すると、素直に従った。

昨夜の三人の様子を見て、家庭が直面しているただならない状況を感じ取ったようだ。それから逃れるには、従う方が得策だと決めたのか。

洗い物を済ませて息を吐くと全身の力が抜けて、そのまま床に座り込んでしまったのだ。

午後、図書館から帰ってきた剛志に、良枝を看るように頼んで、二十一世紀多摩ニュータウンの事務所にお礼に出かけた。

分譲地の奥の山麓に会社が扱っているモデルハウスを建て、現地事務所として使っている。

「お婆ちゃん、体調はいかがですか。かなり疲れていたご様子でした。お孫さん、剛志くんは優しいし、しっかりしてる」

「あのまま歩いていれば倒れてたところでした。ありがとうございました」

「ここでは落ち着いて話せません。お入りください」

部長の加藤が恵美を招き入れた。

母親を連れてきて休ませてもらったお礼を言うために寄っただけだが、リビングに通された。

斉藤が三人分のコーヒーを持って入ってくる。

それから一時間余り、加藤と斉藤は販売戦略について話した。恵美は久し振りに解放された気分だった。

話している途中、剛志に何度か電話して良枝の様子を確かめた。お祖母ちゃんは寝てるという短い答えが返ってきた。

加藤と斉藤は恵美のこれまでの仕事を理解しているらしく、自然な様子で聞いている。

「うちの社にも広告宣伝の部署はありますが、田久保さんのようなセンスはありません。特に二十一世紀多摩ニュータウンの販売は現場独自でやれという感じです。奥さんのような方に手伝っていただければ非常に心強い」

斉藤と加藤が二人同時に頭を深々と下げた。

その日は返事を保留して、メールアドレスを教えた。

帰る途中、恵美は二十一世紀多摩ニュータウンのチラシを眺めた。

これをさらにイイものにしたいんです。誰もが見てみたい、行ってみたい、住んでみたいと思うようなチラシに――斉藤の言葉を何度も思い浮かべた。

第七章　崩壊、そして再生

1

八月半ばに入り、気象庁は連日、気が抜けない状況が続いていた。

太平洋高気圧の本州付近への張り出しが弱くなって、南から湿った空気が押し上げる形で入り込んでくる。大気の状態は非常に不安定で、急速に積乱雲が発達する。そのため、局地的に突発的な天候不順が起こって大雨や雹が降り、竜巻が発生することもあった。

「記録的短時間大雨情報」を出すかどうかは田久保の決断にかかっていた。田久保は「ひまわり」から送られてくる日本近海の雲の映像を睨んでいた。

「マスコミは異常気象をすべて地球温暖化のせいにするが、それはかなり問題がある」

田久保はパソコンから視線を外し、都築に言った。

「でも大洋の海水温の上昇で大抵の気象変化は説明がつく。一般の人も納得しやすい。問題なんてないだろう」

「もっと細かな個々の状況で、微妙な変化が重なり合って大きな結果に膨れ上がっていくんだ。バタフライ効果も重要だ」

都築は、そんなことは分かっているという顔で聞いている。

「変なこと聞いていいですか」

二人の話を聞いていた志保が口を開いた。「台風とアメリカのハリケーンは同じものじゃないんですか。熱帯低気圧なんでしょう」

「そう。同じ熱帯低気圧も、発生場所で呼び名が違っている。太平洋北東部、大西洋上で発生するとハリケーン、インド洋や南太平洋だとサイクロンだ。太平洋北西部、南シナ海で発生すると、タイフーン。世界基準じゃタイフーン。日本の台風はこれに由来してる」

都築が頷いて答えた。

「私、ハリケーンの方が好きです。スマートで、いい響きでしょ。でも台風って、世界中で発生してるんですね」

「海水温が高くなると、その上の空気の温度が高くなって上昇気流ができます。その気流により発生した積乱雲がまとまって渦を形成し、中心付近の気圧が下がり、熱帯低気圧になる。その風速が毎秒十七メートル以上になると、台風と呼びます」

「単純なんですね。でも、怖いわ」

田久保の説明を聞いて、志保が呟く。

「台風の発生は海水温度で決まる。その温度が温暖化によって地球規模で上がっている。今後、台風はますます多くなるし、大型化してくる」

今度は都築が志保に説明を始めた。「ここふた月あまりは関東地方も目が離せない。大気も非常に不安定だ。線状降水帯ができやすくなり、集中豪雨に雹や雷、竜巻も発生しやすくなる」

「私たちはどうすればいいんですか」

志保は都築から田久保に視線を移した。

「早めの避難に尽きるんだけど、なかなか徹底はできない。ちょっとした移動でも、年寄りや小さな子供がいると難しいです。志保さんのところだって大変でしょう。幼稚園の子供がいる」

「早めに避難するようにします。ここで学んだことですから」

田久保に向かって笑みを浮かべ、会釈をすると部屋から出て行った。

田久保は志保の後ろ姿を目で追った。先日の志保の部屋でのことが頭から離れない。あのとき、恵美からメールが入らなかったら、どうなっていたのだろう。自分は恵美以外の女性には縁がないと思い込んでいた。

以来、庁内で会っても志保が田久保を避けている気がしていた。だから今日、志保の方から田久保に話しかけてきたのは意外だった。

迷った末、田久保は人がいないときを見はからって志保に話しかけた。

「今日、会いたいんです」

戸惑う気配が伝わってくる。

「私たち、もう会わない方がいいと思います」

「なぜ――」

後の言葉が続かない。

志保は何かを言いかけたが、他の職員が入って来たので、あわてて部屋を出ていった。

その日、田久保は志保の退庁時間に気象庁を出て、地下鉄の改札で待っていた。

田久保を見た志保は、逃げるように改札に入っていく。田久保は茫然として、その後ろ姿を目で追っていた。すぐに志保は人混みに紛れる。

我に返ると、田久保は気象庁に戻った。沖縄に向かっていた台風が勢力と速さを増している。明日の未明にでも暴風圏が宮古島にかかるだろう。今夜は徹夜になりそうだ。


都築がパソコン画面から顔を上げた。

「アメリカじゃ、カリブ海で新しいハリケーンが生まれた。勢力を増して、フロリダに迫る恐れがある」

「世界中がおかしくなっているな」

アメリカでは今年すでに、二つの大型ハリケーンがテキサスとフロリダを襲って甚大な被害をもたらしている。どちらもカテゴリー5クラスで、二〇〇五年にフロリダを襲ったカトリーナ級だ。これほどのハリケーンが短期間に続けてアメリカ本土に上陸したことはない。

「これもカテゴリー5、最大級のハリケーンに成長する可能性がある。カリブ海沿岸ではすでに七人の死者を出している。おそらく、今後ますます増える」

田久保は冷静に言った。「日本ものんびりしちゃいられないんだ」

様々な思いを振り払うように、田久保はパソコンの画面に顔を近づけた。

現在、南太平洋では三個の台風が誕生している。

田久保は先週から完全に多摩に引っ越していた。恵美の様子を見て、不安になったのだ。

通勤時間が多少長くなったが、生活自体はほとんど変わりがなかった。一日の大半を気象庁ですごし、寝るだけのために家に帰る生活が続いていた。

八月の半ばをすぎて、雨が続いている。田久保は、今年は今までにないことが起こる予感がしていた。日本中のいたる所で、異常気象の影響が現れ始めている。太平洋上を迷走していた三つの台風のうちの一つが大型化して日本に向かってくる。

「大雨を伴う台風だ。影響を受ける自治体は早めの避難指示を出して、住民の避難を促した方がいい」

「前の例があるからな。避難中に怪我でもされたら、今度は間違いなく叩かれる」

都築は相変わらず文句を言う。

今週に入って、志保の姿が見られなくなった。

「志保さんは？」

田久保は思い切って都築に聞いた。

「彼女、先週末付で辞めたよ。自宅近くで新しい仕事を見つけたらしい。聞いてなかったの？」

逃げるように改札を通る志保の姿を、田久保は思い浮かべた。

「突然だったので驚いたよ。職場にも馴染んでたし、半年契約だから、まだ期間はあったんだけど。辞めて、がっかりした者も多いだろう。僕もなんだがね」

都築が冗談交じりに言った。

「気象予報士の試験、受けると言ってたのに」

「ああ、俺にも問題について聞きに来た。結構熱心に教えていたのに」

初耳だった。田久保には複雑な思いが湧き上がってくる。

2

恵美と剛志が多摩に引っ越してきてから三週間がすぎた。

良枝は杖を使えば歩けるようになっていた。身体の回復は著しいが、認知症はひどくなったようだ。過去と現在が入り混じり、妄想ともとれる発言が増えている。

リビングのソファーに座っていた恵美は、荒々しい足音に顔を上げた。

目の前に杖に寄りかかった良枝が、顔を引きつらせて立っている。

「どうしたの。そんな怖い顔をして」

恵美に言われ、表情がさらに強張った。睨むような視線を向けると、口を開いた。

「私の財布はどこに行ったの？　どこにもない。これから、支払いに行かなきゃならないのに」

「お母さん、お金は私が預かってるから。心配しないで」

「あんたが取ったんだね。返してよ。私の財布を返して」

良枝が恵美の腕をつかんだ。どこから出るのかと思うほどの強い力だ。

「ほら、お祖母ちゃんの財布。もう、なくさないようにしてよ」

やり取りを聞いて出てきたのか、剛志が立っている。アンパンマンのイラスト入りの財布を良枝に持たせた。

「千二百円しか入ってない。もっとあったはずだよ」

「いくら入ってたんだよ」

剛志が聞くと良枝が考え込んでいる。「ねっ、ちゃんとあるだろ」

剛志が肩を叩くと、良枝は首をかしげながらも自分の部屋に戻っていく。

「あれ、剛志のでしょ。大事にしてたのに」

「どうせ、お祖母ちゃんに買ってもらったもんだよ。もう使わないし」

恵美は財布を出して剛志に二千円を渡した。

「きっとまた言い出すよ。財布がなくなった、誰かがお金を取ったって騒ぎ出すのも、認知症の一つなんだって」

「なんで、剛志がそんなこと知ってるの」

「テレビでもよく言ってるし、うちに本だってあるだろ」

言い残すと、剛志はリビングを出ていく。

恵美はテレビの横に積まれた本に目をやった。二十冊近くあるが、三分の一が認知症に関する本だ。どれかを読んだのだろう。

「昔の強いお母さんはどこに行ったのよ。私のこと、叱りつけてたでしょ」

ソファーに腰を下ろして呟くと、涙が溢れてくる。

これからが大変よ――大里の奥さんの言葉が蘇ってきた。これ以上に大変なことがあるのだろうか。

テーブルのスマホが鳴り始めた。

表示されたのは高柳の電話番号だ。しばらく電話がなかったし、目の前の忙しさと不安に紛れて、考えることもなかった。しょせんはその程度だと、自分を納得させていた節がある。

気がつくとスマホをタップしていた。

〈一度会って話をしたいんだ〉

数秒の沈黙後、聞きなれた声がした。

「あなたとは、もう終わりにしたはずよ。お互い納得してたはず」

〈妻とは離婚した〉

今度は恵美が黙った。うまくいってないとは聞いていたが、口先だけだと思っていた。

〈妻とは別れた〉

再度、高柳が言った。

良枝の部屋で大きな音がする。テレビを倒したのかもしれない。これで何度目だろうか。恵美はスマホを切って、立ち上がった。


恵美はテーブルにファイルを広げた。出来上がった新しいチラシが入っている。

『見学者募集、二十一世紀多摩ニュータウン　―未来の町に住んでみませんか―』

在宅のまま宅地販売のチラシの作成と配布を指導することになって、一週間ほどかけて恵美が中心になって仕上げた見学者募集のチラシだった。その間、事務所に出かけたのは一度だけで、斉藤と加藤が近くに来たときにこの家へ寄る程度だった。後は電話とメールのやり取りだけだ。

〈奥さんの提案、全面的に採用させていただきます。さすがです。宅地販売のチラシも作れるんですね。ありがとうございました〉

メールで最終案を送ると、五分後には斉藤から電話があった。

恵美は口には出さなかったが、広告の仕事に関わることで、何とか心のバランスを取っていると思っている。

その日の夕方、恵美は夕飯の準備をしていた。

「わあっ」

剛志の悲鳴に近い声だ。

恵美は反射的にコンロの火を止めた。声の方に飛んでいくと、良枝の部屋の前で剛志が片足を上げて立っている。

「これ、何なんだよ」

剛志の視線の先に液体がこぼれている。

「あんたは二階に行ってなさい」

つい強い口調になった。鼻をつく臭いが立ち上っている。

恵美は良枝の部屋に入った。ベッドに横になっている良枝を起こして、風呂場に連れて行った。剛志が素足になって風呂場で足を洗っていた。

「あれ、お祖母ちゃんのオシッコだろ。僕、踏んじゃったよ」

恵美は答えられない。

「しょうがないよ。病気なんだから」

剛志がぼそっと言った。


「これは?」

田久保がテーブルに置いてあったチラシを手に取って見ている。

二十一世紀、夢のニュータウン。ようこそ、未来の町に——響きのいいキャッチコピーと未来都市のような街並みのイラストが並んだチラシだ。

「これ、きみが作ったのか」

「二十一世紀の多摩ニュータウン。知ってるでしょ。そこの会社の現地責任者に頼まれたの。これを見ると、住みたいって思うでしょ」

「僕ならもっと調べてから決めるよ」

「どういう意味なの」

「山を削ったんだろ。これだけの街の造成だ。かなりの面積の山を削って宅地を造ってる」

「木を取り除いたのは確かでしょうね。山の保水力は落ちてるはず。でも、多摩地区で土砂災害が起こったって聞いたことない。私は二十年以上住んでたし、その後も来てる」

「これまでの感覚で考えちゃダメなんだ。地球が大きく変わっている。その影響が各地に現れている。大雨を含めた異常気象が頻発してるのがいい例だ」

恵美は出かかった言葉を呑み込んだ。田久保とは喧嘩をしたくない。自分はすでに許容量を超えている。これ以上のトラブルには耐えられそうにない。

「分かったわ。会社の人たちにも言っておく」

「本当なんだ。日本中が変わってるように、ここらも昔とは大きく変わっているということだ」

田久保も遠慮がちだった。この人は今の私を少しは理解してくれているのかもしれない。恵美はそう思おうとした。

田久保の言葉は恵美の脳裏に刻まれた。あの大きく削り取られた山と、隣に広がるソーラーパネル群が蘇ってくる。確かに昔見慣れていた自然の光景ではなかった。

今度、会社の人間に会ったときに話してみよう。

3

剛志は部屋に入ってドアを閉めた。

確かにあれはオシッコだった。お祖母ちゃんがお漏らしをした。いたたまれない気分になってベッドに横になる。

昔のことを思い出していた。小学二年生のときだったか。一人でこの家に泊まった。

陽が暮れて、あたりが静かになって寂しくなり、横浜の家に帰ると言って泣いた。

「家に帰っても、剛志くん一人よ。お父さんも、お母さんも仕事で出かけているからね。お祖母ちゃんがしっかりと付いいててあげる」

祖母に抱かれるようにして眠った。夜中に目を覚まし、パジャマがぐっしょりと濡れていることに気付いた。どうしようか考えていると、祖母が起き出して新しいシーツに替え、別のパジャマを着せてくれた。

「仕方がないよね。寂しかったんだよ。これはお祖母ちゃんと剛志くんの秘密だ」

そう言って指切りをして寝てしまった。翌朝も何もなかったように振る舞っていた。そんなことが何度かあったような気がするが、叱られたとか、母親からおねしょのことを言われたことはなかった。祖母は約束を守ってくれた。

「仕方がないよな。お祖母ちゃん、もう歳だし、病気だものな」

剛志は呟きながら上半身を起こした。

剛志は新しい環境に、すぐに馴染んでいった。自分でも意外だった。

それは純一と一緒にいる時間が長いせいだと思う。彼は人の心をゆったりさせてくれる。横浜の仲間たちのように、大人に対する理由のない反抗心や自己中心的な身勝手さ、自分を目立たせようという気持ちもなかった。子供ながら、人生を諦めたようなところがある。早くに両親を亡くしたことが原因なのか。

まあ、ここでいいか——。剛志は心の中で呟いた。

中学受験に落ちて、十二歳にして人生では折り合いを付けなければ生きてはいけないことを学んだ。以後、何事にも目標は低く設定する。そして、そこに達していないときは妥協する。

「ジュンくんって、すごくしっかりしてると思わない」

母親は何かにつけて、純一の名前を持ち出してくる。剛志は黙っていた。

「三年前に両親を亡くしたのよ。それなのに、ちっともいじけたところがないでしょ。明るいし、すごく素直に育ってる。お祖母ちゃんもお祖父ちゃんも立派よね。しっかり育ててる」

なぜ、ジュンの両親は亡くなったの？――出かかった質問を呑み込んだ。聞いてはならないと思った。

電話が鳴って、母親が受話器を取る。一言、二言話しながら視線を剛志に向けた。

「山本先生から」

剛志は飲みかけのコーラの缶をテーブルに置き、受話器を持って部屋に戻った。

〈引っ越したそうだな。教頭先生から聞いた〉

「二学期から多摩の中学に通います。先生も学校替わるんでしょ」

〈色々あったからな。学ぶことも多かった〉

「先生でも学ぶんですか。勉強は子供だけかと思ってた」

〈声は元気そうだな。吹っ切れたみたいだ〉

剛志が一瞬黙る。

〈人生一度くらいのつまずきは取り戻せる。おまえはまだまだ若い〉

「先生もそんなに年寄りじゃないでしょ」

〈おまえらから比べれば爺さんだろ〉

「まだ、ジョギングしているんですか」

〈ああ、死ぬまで続けるつもりだ。新しいところでもな〉

スマホ事件については、何も言わない。

〈また、いつか会おう〉

剛志が何か言おうとしたが、その前に電話は切れていた。ありがとう、おまえが校長に言ってくれたんだろ――山本の最後の言葉が、剛志の耳の奥に残っている。

受話器を手にリビングに戻った。

「なんて言ってたの、山本先生。ここの電話番号、教頭先生から聞いたんだって。わざわざ剛志に電話をくれたのよ」

「別の学校に行くんだって。母さんも前に言ってただろ」

「でも、スマホの盗撮、犯人が分かったんでしょ」

「誰に聞いたの」

「前と同じ、中谷さんよ。先週、マンションの規約について聞くために電話をしたときに言ってた。剛志は知らなかったの？」

母親は弁解するような口調だ。「クラスの子がふざけてやったのよ。学校がスマホを警察に届けるという噂が広まると、自分たちが女子トイレに置いたって子が出てきたんですって」

優司たちは強がってはいたが、問題が大きくなりすぎて怖くなったのかもしれない。

剛志はテーブルのコーラを飲み干すと、部屋に戻った。

4

台風23号が接近していた。雨は降っていないが、朝から黒い雲が空を覆い流れていくのが不気味だった。

中村が隊舎に戻ると、すぐに事務棟の会議室に行くよう長岡から連絡があった。

会議室に入る。年配の男と中村より少し歳上と思われる若い男がいた。

若い方が警察手帳を出して、新宿署の刑事だと名乗る。年配の方がしゃべり始めた。役割分担ができているようだ。

「中村誠治という男を知っているね」

「僕の叔父です」

刑事は叔父がやったことについて説明した。数日前に長岡から聞いた話と同じだった。

「中村が関わった事件を調べていて、きみの名前が出てきた」

刑事は気の毒そうに中村を見た。「きみがいちばんの被害者だ。ずいぶんお金を取られたようだね」

「あれは、あげました。お金に困っているようだったし、色々お世話になったから」

刑事が意外そうな顔をしている。

「この数年毎月三万円を振り込んでるし、先月は五十万を渡しただろ。彼はきみに会って引き出させたと言っている」

「高校卒業まで叔父に世話になったんです。僕の両親が亡くなったので」

「交通事故だったね。きみはお祖母さんの家に引き取られた」

刑事が手帳を見ながら言う。

「祖母が亡くなってから、叔父たちが来て、一緒に暮らし始めました」

「きみのお父さんの家は」

「知りません」

中村は話しながら、青山たちと一緒に行った川口市の家を思い出していた。新しい家族が住み、彼らは幸せそうだった。

「両親が亡くなって、すぐに人手に渡っている。きみの後見人になったお祖母さんが売りに出したらしい」

中村は頷いた。青山に言われて薄々は気がついていた。

「売却のお金は、中村が取ったと言ってる。当時の借金を払って、残りは競馬とパチンコで使ったようだ」

刑事がやはり気の毒そうに話す。若い刑事が中村を見ている。

「きみは両親や妹の保険については知っているのかね」

中村はやはり首を横に振った。

「事故の保険金が入っている。家や保険、全部合わせると七千万円近くなる」

中村はどう答えていいか分からなかった。初めて聞く話だ。

「本来の受取人はきみだが、お祖母さんが受け取っている。聞いてるかね」

刑事は中村の様子を窺うように見ている。

中村は首を横に振った。あのころ、中村は中学二年だ。世間のことは何も知らなかった。両親と妹の死、それに伴う生活の激変で気持ちは動転していた。

「きみの叔父さんはお祖母さんから、そのお金を取っている。きみの両親が残した家とお金をすべて取って借金とギャンブルでなくしている。そのころ、覚醒剤にも手を出してる」

刑事が中村の反応を確かめるように見つめてくる。「お祖母さんは泣いてたそうだ。きみにすまないと。すべて中村が強要したことだ」

そのとき、アナウンスが流れ始めた。

〈普通科連隊は出動準備を整えて隊舎にて待機するように。繰り返す〉

「これは――」

「出動待機です。たぶん、災害出動です。関東地方に大雨、洪水注意報が出ています。自治体の要請があり次第、出動しなきゃなりません。行ってもいいですか」

「裁判が始まると、出廷を求められることがあるだろうが、きみの気持ちを正直に話せばいい」

刑事は軽いため息をついて立ち上がった。

中村は隊舎に帰った。青山はすでに出動準備を整えて、ベッドでスマホのゲームをしていた。

「何の話だ。刑事が来てたんだろ。こういった話はすぐに広がるんだ」

「大したことじゃないです」

「叔父さんのことだろ。あの野郎、ヤバいことやって捕まったのか」

中村は答えず、出動服に着替え始めた。

「当然だよな。金、返してもらえよ。いや、無理だろうな。もう残っちゃいないよな」

準備を整えて、二人で休憩室に行った。

部屋は出動服を着た若い自衛隊員でほぼいっぱいだった。全員がテレビに目を向けている。画面では台風の状況を説明するニュースが流れていた。

〈台風23号は強い勢力を保ったまま中部地方に近付いています。日本列島全体を強風圏に入れたまま北上を続けていくと思われます〉

テレビ画面は豪雨と強風で傘を飛ばされ、ずぶぬれになって歩くサラリーマンを映していた。道路は冠水して泥水が溢れている。数台の車が水の中に取り残されていた。一台はライトが点滅している。

全員が息を呑んで見つめていた。画面は山間の集落に変わった。

〈日本各地で豪雨の影響で土砂災害が起こっています。映像は以前から土砂災害が指摘されていた地区で今日の昼前に――〉

「崩れるぞ」

どこからか声が上がった。

木々が並んだまま山の中腹の位置が下がっていく。斜面がずり落ちているのだ。十戸近くの家が土砂に呑み込まれ、押し流されていく。

表面が崩れ落ちた土色の山肌を、いく筋もの濁流が流れている。

「あれはどこですか」

「紀伊半島のどこかだ。日本各地で同じようなことが起こってるそうだ」

「今までは問題なかった地域に土砂災害が起きている。状況が変わってるんだ。山を削る開発も進んでるし、集中豪雨も以前より激しく、頻繁に起こるようになってる」

「住人は避難してるんだろうな。残っていれば、ひとたまりもないぜ」

隊員たちの話を聞きながら、中村は三年前の広島を思い出していた。純一が脳裏に浮かんだ。

テレビでは洪水と土砂災害に気を付けるよう繰り返されている。台風が関東地方を通りすぎる深夜まで待機は続いたが、出動要請はなかった。

5

田久保は早めに家を出た。駅に行く前に見ておきたい場所があった。

二十一世紀多摩ニュータウンの造成地に人影はない。山麓のいちばん奥に事務所を兼ねたモデルハウスが建っていた。

住宅地のすぐそばまで山は迫っている。山を削ったままの斜面がむき出しになっていた。恵美が作ったパンフレットには、今年中に斜面の一部には植林がされ、別のエリアはさらにソーラーパネルが設置されて、ニュータウンの電気の一部はその発電で賄われることが書いてあった。将来的にはコンパクトタウンを目指し、水道水なども雨水を利用して住宅地で循環させることを目指している。エコタウン、自然に優しい街がアピールされている。

田久保は、削られた山肌の写真を様々な角度から撮り、持ってきたポリ袋に土を採取した。

「あんた、この造成地の人かね」

振り向くと犬を連れた老人が立っている。

「いえ、購入する前に少し調べようと思いまして」

「あんなに山を削りおって。バチが当たるぞ。あんたも考え直した方がいい。こんなバチ当たりな土地で暮らすのは」

老人は吐き捨てるように言うと、犬を急かして行ってしまった。

田久保は駅に行き、都心に向かった。

その日の午後、川端に会いにつくば市の土木研究所に行った。多摩の造成地で撮った写真と採取した土を見せる。

「僕は危険地帯だと思います。川端さんが作った危険マップでも最高ランクに入ってます」

「典型的な真砂土だね。今まで何事も起こらなかったのが不思議なくらいだ」

「状況が変わって来てますから。集中豪雨が増えるなか、山を削って宅地を造ったこと、さらに木々を切ってソーラーパネルを設置した。山の保水力が落ちている。人間が自ら悪条件を積み重ねている。最良の防災対策はどうすればいいんでしょう」

「集中豪雨のときには、優先的に避難指示を出すしかないんじゃないか。日ごろから注意して」

「僕もそれしか考えつきません」

田久保は造成地と、恵美の実家のある地区を思い浮かべた。


気象庁を離れられない日々が続いていた。

八月の終わりが近づいても南太平洋の海水温度は高いまま、熱帯低気圧が次々に生まれた。いくつかが台風に発達して、北西に進んで日本に影響を与える。

「台風の進路や大きさの予測が難しくなっている。特に進路が――」

田久保は無意識のうちに呟いていた。

台風の大きさは、通過してくる海の海水温度で決まる。ところが、近年、温暖化のせいで海水温度が上がり、過去のデータが当てはまらなくなっていた。進路はさらに複雑になっている。

「関東北部の大気がかなり不安定になっている。北から大陸の寒気団が近づいてる上に、南から湿った空気が吹き込んできて、関東全域に大雨を降らす恐れがある」

「大雨警報を出すべきかな。どう思う」

都築が聞いてくる。

「僕なら迷わず出すね。早めに避難するよう、自治体に進言する。何でためらうんだ」

「ここのところハズレが多い。先週も大雨洪水注意報を出して、三時間後に解除した。その注意報で百人近くが避難所に避難してる。マスコミに嫌味を言われたよ。乱発ですねって」

あのとき、気象庁の電話は鳴り通しだった。

「ハズレじゃない。運がよかったんだ。幸いにして災害を起こすほどではなかった」

「世間やマスコミは、それをハズレって言うんだ」

「出すべきだよ。間違っていても許される。犠牲者が出ると、いくら謝っても意味がない」

「簡単に言うな。マスコミに叩かれるのは僕なんだから」

都築が困り切った表情を田久保に向けてくる。

「犠牲者を出すよりいいだろ。マスコミに何を言われようと」

田久保の指摘を受けて都築は考え込んでいる。

「今回の降雨で土砂災害が起こるのは、どのくらいの確率だ」

「一時間五十ミリを超えれば、飛躍的に高まる」

「そういう言い方はやめてくれ。責任を取るのは僕なんだ」

田久保はパソコン画面を指さした。渦を巻いた台風のような雲が日本列島の西から押し寄せている。それに対して太平洋側の水分を含んだ空気が流れ込む。確かに大気が乱れている。

三日前に南シナ海で生まれた台風25号は、勢力を増しながら北上して本州に接近していた。

「この調子だと関東地方に直撃だぞ。これから明日の朝にかけて大雨が降る。一日で三百ミリを超えるかもしれない。記録的豪雨だ。台風の通り道は水害と土砂災害のパレードになる」

「あと三十分で定例会見だ。原稿通り言って間違いはないか」

都築は原稿に目を通しながら、田久保に聞いた。

「数値をもっとはっきりさせる。このままだと観測史上最大の雨風台風になりそうだ」

田久保はパソコンに向き直った。

気象庁の新しい試みとして、危険だと考えた市町村の防災関係者には、気象庁職員が直接状況を説明する。

田久保は神奈川県の防災関係者と話していた。

「今回の台風は雨と風がかなり強くなります。現状だと帰宅時が暴風圏に重なる恐れがあります。早めの帰宅を促すか、ひどい場合には時間をずらして帰宅するよう注意してください」

〈企業や個人から、対応策の質問や相談が増えているところです。そのように伝えます。避難注意、避難勧告、避難指示のタイミングは、また相談するかもしれません〉

電話の向こうからは応対に追われる職員の声や、鳴り続ける電話の音が聞こえていた。

6

昼ごろから強くなった風が吹き荒れている。雨はまだ降っていない。台風25号がスピードを落として日本列島に上陸した。関東地方に達するのは夜になる。

部屋に閉じこもっていた剛志もリビングに出てきた。風の音を聞いていて怖くなったのか。

こういう日に田久保が家にいたことがない。気象庁に泊まり込んで、台風が日本に影響をもたらす前からすぎ去るまで帰ってこない。

ふと、恵美の脳裏にここに引っ越して来たころの剛志の言葉が浮かんだ。

「お祖母ちゃんがいなくなったことがあったでしょ。剛志が捜して連れて帰ってくれた」

「あったかもしれないね」

「そのとき、言ってた。お祖母ちゃんの行きそうなところの第二候補で見つけたって。それが山の公園」

何を言い出すんだという顔で、剛志は恵美を見る。

「第一候補はどこだったの」

「児童館横のミニ図書館だよ。母さん、お祖母ちゃんと一緒によく行ったんだろ。母さんが本、お祖母ちゃんは雑誌を読んでたって。昔から勉強がよくできた、本の好きな子だって言ってた。私立の難しい女子中にも受かって、鼻が高かったともね」

「剛志はそこには行かなかったの」

「二、三度行ったかな。その後、何度も誘われたけど、断った。セミ取りの方がいいもの」

恵美は思い出そうとしたが、そんな記憶はない。

「行ってみたけど、去年取り壊されたんだって。子供の数が激減して」

窓ガラスを通して聞こえる風の唸りが不気味さを増している。

剛志が不安そうな顔を恵美に向けた。

「お祖母ちゃんも連れてきた方がいいんじゃないの」

「寝てるかもしれないと思って。明け方まで起きてたから」

「でも、昼をすぎてるよ」

剛志が良枝の部屋に様子を見に行く。すぐに良枝の手を引いてリビングに戻ってきた。

「窓の前に立ってたから連れて来た。ずっと外を見てたんじゃないの」

「このままでいたのかしら」

良枝は青のスラックスに半袖のブラウスを着ている。明け方、恵美がトイレに連れて行ったときはパジャマ姿だった。いつの間に着替えたのか。

「何か食べる？　お腹が減ってるでしょ」

恵美はお握りを渡した。台風が近付いたときには、お握りを作っておくよう田久保に言われている。いつ停電になるか分からないし、避難するときにも持って行ける。人は腹が減ると力が出ないし、ロクなことを考えない、というのも田久保の持論だ。

良枝は素直に受け取り、食べ始めた。

「座ってよ。お茶を淹れるから」

電話が鳴った。

〈大里だけど、お宅は避難所には行かないの？〉

「まだ避難勧告は出てないでしょ。うちは母がいるから――」

恵美は言葉を濁した。避難所に連れて行くのが不安なのだ。何をするか分からない。

〈実はうちもジュンがいるので、避難所に行くのは迷ってるの〉

「ジュンくんがどうかしたの」

受話器の向こうの声が一瞬沈黙したが、低くなった声が返ってくる。

〈ジュンは両親を災害で亡くしてるの。広島の土砂災害――〉

大里夫人が三年前の出来事を話した。恵美は田久保の両親のことを思い浮かべていた。

「夫は気象庁の職員です。本当に危険だったら連絡してきます。それからでも遅くはないと思います」

恵美は受話器を置いた。

「ジュンのお祖母さんだろ。なんの話だったの」

恵美は大里夫人から聞いた話を剛志に伝えた。剛志は真剣な表情で聞いている。

「大里のお祖母ちゃんは、できれば避難所に行きたくないって言ってた。ジュンくんが昔を思い出すからじゃないの」

スマホが鳴り始めた。田久保からだ。

〈そっちは雨は降ってるか〉

「まだよ。でも風は強い」

〈これから雨が降り始め、風雨はさらに激しくなる。最悪の場合、深層崩壊だ。暗くなる前に避難所に行った方がいい〉

「今まで、台風で逃げたことなんてなかったのに」

〈逃げるんじゃない。避難するんだ。その方が安心だろ〉

田久保の口調が強い。いつもとは違う。背後からは複数の声がひっきりなしに聞こえる。電話の呼び出し音も混ざる。かなり緊迫した状態なのだろう。

「もう少し様子を見て考える。臨機応変にね」

恵美は田久保の返事を待たずに電話を切った。田久保は良枝がいることを忘れているのか。

「父さんだろ。なんて言ってる」

「すぐに避難所に行った方がいいって。雨が降り始めるし、暗くなってからは危険だって」

「じゃ、そうしよう。避難所は町の公民館だろ。歩いて十五分ほどだ」

「お祖母ちゃんもいるのよ。この風の中をとても歩けない」

恵美は窓に目を向けた。ガタガタと小刻みに揺れている。雨はまだだが、いつ降ってもおかしくない空だ。

「タクシー、来てくれるかしら。やっぱり無理よね」

「僕、ちょっと見てくる」

「やめなさい。外は危険よ」

「ジュンの様子を見てくるだけ。窓から見ててよ」

剛志がパーカのジッパーを首まで引き上げ、玄関に向かった。恵美は窓際に寄る。

剛志が身体を丸めるようにして、家の前の道路を走って大里の家の前に立った。純一が顔を出して、剛志を招き入れる。

数分して剛志と純一が手をつないで出てきた。すぐにドアの開く音がして、二人が飛び込んでくる。

「大里のお祖父さんが車を出してくれる。つめれば六人でも乗れるって。それまでに、荷物をまとめるようにって」

「剛志も持って行くものをまとめなさい。ジュンくんは家に帰らなくていいの」

純一が背中を見せた。ぺちゃんこのデイパックを背負っている。これで全部という意味か。

「ジュンは広島で家を流されてるんだ。そのとき、持ってたものを全部なくした。お祖母ちゃんの家でも、コワくて持ち物を増やせないんだ」

剛志は純一と自分の部屋に行った。

恵美は良枝が飲む薬を準備して、セーターを着せた。レインコートをデイパックに詰める。

「お母さん、ここ危険なのよ。早く避難しなきゃ」

「ここは私の家よ。お父さんと四十年近く住んできた。あなただって、大学を出るまではここに住んでたのよ」

恵美を見つめて、ハッキリした口調で言う。

「やめてよ、こんなときに。これから暗くなって、すごい雨が降るんだって。今までに例を見ない大雨。日本中で土砂災害が起きてるでしょ。三年前には田久保の両親も亡くなってる。彼が、早めに避難した方がいいって」

恵美は説得を続けたが、良枝はそれっきり口を閉ざしてしまった。父親がいつも座っていた椅子に腰を下ろし、庭を眺めている。

膨らんだデイパックを背負った剛志が純一と一緒に二階から降りてきた。

「避難の用意ができたよ。お祖母ちゃんの荷物は僕が持ってやるよ」

「行こうとしないのよ。こんなときに」

「お祖母ちゃん、町の公民館に行くんだよ。もう、近所の人も行ってると思うよ」

「私は残る。残ってここを護る」

良枝の強い口調に、恵美と剛志は思わず顔を見合わせた。

「なんだ、まともじゃない」

「やめなさいよ、そういう言い方は」

恵美が声を潜める。

「お祖母ちゃん、さっさと行こうよ。ここはヤバイよ」

「二人で逃げればいいよ。私はここにいる」

「逃げるんじゃないよ。避難するんだ。父さんがいつも言ってる。すぐにまた戻ってこれるのだから」

「お父さんを一人にしちゃ、おけない。私も家にいる」

「強情なんだから。勝手にすればいい」

外で車のクラクションの音がする。

「お祖父ちゃんの車だ。前で待ってる」

純一が玄関の方に走っていく。

「お祖父ちゃんが避難所でお祖母ちゃんを待ってるよ。早く行ってあげた方がいい。きっと心配してる」

剛志の言葉を聞き、良枝は表情を変えて立ち上がった。

恵美は良枝の身体を支えて、玄関に向かった。剛志が二人の荷物を両手で持ってついてくる。

通りに人影はない。風の音だけが不気味に響いていた。昼間にもかかわらず、空は厚い雲に覆われ、辺りは薄暗い。雨が降らないのが不思議な天気だ。

その中を六人を乗せた車が走っていく。


車は十分もかからずに公民館に着いた。

公民館は避難住民で溢れていた。四十人近くいる。ほとんどが老人だ。半数がこのひと月余りで見た顔だった。

裏山の木々の風に揺れる音が、ざわざわと轟いている。恵美の不安は高まるばかりだ。

台風のときは、山と川には近づかない方がいい。土と水は人を裏切る——田久保に言われたことを恵美は思い出した。その言葉を大里に伝える。

「そうは言っても、避難所はここって決まってる。ご近所の人も避難してるし」

「お祖父ちゃん、僕も山の近くにはいたくない。あの日もこんな風が吹いていた。すぐに雨が降り始めてすごい音がした」

大里に寄り添う純一の顔は青ざめ、声は震えている。

「じゃ、どこに行けばいいんだ」

「山と川から離れたところ。父さんが言ってた。山は土を呼び、川は水を呼ぶんだって」

剛志も言う。大里が考え込んでいる。

「台風が行きすぎるまでいられるところっていうと――」

「どうかしたの」

大里夫人が恵美の横にやってきた。

「夫が常々言ってた。大雨のときは山に近い建物は危険なんだって。ここの裏は山よ」

「でも大きな台風のときは、いつもここよ。今まで問題はなかった」

「今まではでしょ。これからは違うって言われた。今は降ってないけど、今回の台風の雨量は半端じゃないって。おまけに裏山は宅地造成やソーラーパネルの設置で削られた上に、ここ数日すごい雨が降ったでしょ。今はやんでるけどね。山の土は水を大量に吸ってる。深層崩壊がいつ起きてもおかしくない、ひどい状態だって」

恵美はこれまでに田久保に聞いていた気象の知識を総動員しながら話した。今まで適当に聞き流していたことを後悔した。

深層崩壊は、山の斜面が表面だけではなく深い地盤までも大規模に滑り落ちる土砂災害だ。

横で聞いていた大里が立ち上がった。

「恵美さん、実は私も裏山は怖かったんだ。どこに行けば安心なんだね。ホテルなんて、とても空いてそうにないし。駅まで行って、開いてるレストランで台風が通りすぎるのを待つか」

「待って、田久保に聞いてみる」

レストランで一晩すごすなど考えられない。良枝にとって過酷すぎる。

恵美がスマホを取り出したとき、着信音が鳴った。田久保からだ。

〈どこにいる。避難は済ませたのか〉

「町の公民館。もう、四十人近く来てる」

〈公民館って、どこだった？〉

「二十一世紀多摩ニュータウンの造成地の隣にあったでしょ。昔から避難所になってるの。布団や毛布も五十人分が置いてある。地震や台風のとき避難してた」

〈多摩東公民館だったね〉

パソコンを操作する気配がする。後で連絡すると言われ、電話が切られた。

十分がすぎ、恵美のスマホが再び鳴った。タップすると、田久保の声が飛び込んでくる。

〈避難所のある辺りは、多摩地区の危険地盤マップに載っている。その避難所は危険だ。他に移った方がいい〉

「今さら、どうすればいいの。もう大勢来てるのよ。これから雨が降り出すっていうし」

恵美は声をひそめて話した。

〈山から離れた場所に行くんだ。今は止んでるけど、ここ数日の雨で、地盤が目一杯に水を吸ってる。斜面の深層崩壊が起こる可能性がある地区だ〉

「でも、今さら、どうしろって言うのよ」

〈あと二、三時間もすれば東京も台風圏内に入る。風がますます強くなり、雨も降り出す。雨が

降り出すと動けなくなる。今のうちに他に避難した方がいい〉

「私だけじゃないの。お年寄りも多い」

恵美は声を押し殺した。周りの住民たちが、恵美の方をチラチラ見ている。

恵美は電話を切って、何事もなかったようにスマホをポケットに入れた。

「今の電話、父さんでしょ。ここもヤバイんじゃないの。裏は山だよ。危険な場所だって、父さんが言ってた。これから大雨が降るし」

剛志が恵美の耳元で囁く。

「大里さんに相談してくる」

恵美は剛志に言って立ち上がった。


恵美は田久保の話の内容を大里夫妻に伝えた。大里は頷いている。

「ジュン、おまえはどう思う」

「僕はここを出たい。ここは前の家と似てる。裏に山があって――」

「他の人にも知らせた方がいいんじゃないですか」

「でも、移動手段はどうするの。この風の中よ。一部の地区は停電だし。みんなが車で移動するわけにはいかないでしょ」

「一応、知らせてからにする」

恵美は避難所の責任者を探した。責任者は市役所の職員で中年の男だった。田久保の話を伝え、指示を仰いだが要領を得ない。彼自身もどうしていいか分からないのだ。気のせいか、風が強さを増している。

「避難所を替わるなら、今のうちです。暗くなって雨が降り始めたら動けません」

「そう言われても……。ここが建てられてから、ずっと避難所として使われてきたんです」

「今は危険なんです。これから雨が降り始めると裏山が崩れる危険があるんです。市でバスを出すとか――」

「これからどこに避難しろというんですか。外に出て、怪我でもされちゃ責任問題です」

「分かったわ。でも自分たちの状況は知っておいた方がいいと思う」

恵美はこの避難所が危険であることを大きな声で何度も告げた。全員が真剣な表情で聞いているが、立ち上がる者はいない。外を見ると、雨が降り始めている。

大里が車を取りに行った。

7

紀伊半島に上陸した台風25号は、東海地方を北上して、現在名古屋付近を通過している。あと五時間ほどで関東が暴風域に入る。

気象庁は喧騒で埋め尽くされていた。電話は鳴り響き、人の出入りは通常の数倍ある。

「台風が通過する市町村は、早めに避難指示を出した方が賢明です。首都圏もまもなく雨が降り出します。それからだと二次災害が起こる可能性が高まります。高齢者の多い地域は特に早めの対応が必要です」

田久保は都築と田畑部長に何度めかの指摘をした。

「分かっているが、そのタイミングが難しいんだ。すべてが経済活動と結びついている。個人の都合だってある。理屈通りには行かないんだ」

都築の声は苛立っていた。

「後悔するよりいい。前回の対応は評価された」

「ころりと変わるのがマスコミだ。今度は叩かれそうな気がする」

都築が気弱そうな顔になっていた。


田久保はあらためて多摩地区の避難マップを検索した。

ほとんどの市町村で、地震や台風などで避難指示が出た場合の避難所は、近くの公民館か小中学校の体育館になっている。

「ひどいな」

田久保の口から思わず漏れた。

多摩東公民館は山の麓にある。昔は秋に公民館で紅葉を楽しむお茶会が開かれていたと、恵美から聞いたことがある。

公民館の裏には山の斜面が迫っている。土砂崩れが起これば ひとたまりもない。

田久保はスマホを出して、タップした。川端はすぐに出た。今日は徹夜で待機するのだろう。

〈土砂災害の防災マップは役に立ってるか〉

「専門家の間では大活躍です。でも一般には広まっていません」

〈広まるとまずい者も多いからな〉

マップにはすでに宅地として売り出されている場所や、開発途上のものも含まれている。

「多摩地区について、専門家の意見を聞きたいんです」

田久保は恵美たちのいる避難所の場所を告げた。

電話を切るとすぐに、メールで多摩地区の地図と最新のデータが送られてきた。同時に田久保のスマホが鳴る。川端だ。

〈あの辺り、土砂災害をまともに受ける危険性がある。今のうちに他に避難し直した方がいい〉

「すでに避難者が多数います。高齢者が多いらしいです」

〈送った地図を見てくれ〉

川端が説明を始めた。〈今度の台風が直撃すれば、かなりの確率で土砂災害が起こる〉

「いちばん近い、安全な避難所は――」

〈山麓と川から離れていれば大丈夫だ。山の麓の場合、下手に家に残ろうとか、避難所だから安全だという考えは捨てるべきだ〉

田久保は川端から聞いた話と安全な避難所を恵美に知らせた。

「そこは危ないらしい」

〈でも、昔から避難場所の一つになっている〉

「今度のはただの台風じゃないんだ。雨量が半端じゃない。その避難所は地震と通常の台風を考慮に入れていても、土砂崩れについては何も考えていない」

〈どうすればいいの。ここにはお年寄りが多いのよ。この雨の中をどうすればいいの〉

「雨はこれからもっと激しくなる。今のうちに安全なところに避難しろ」

田久保が叫ぶように言った。まわりの職員が驚いた顔で田久保を見ている。

「これから臨時の記者会見だ。田久保くんも同席してくれ」

都築が田久保の前に資料のファイルを置いた。

〈もう切る。仕事なんでしょ。私たちのことは心配しないで。あなたの言ったことは十分に分かっているから〉

恵美の冷静な声が聞こえ、電話は切れた。


夕方になって台風は東海地方を北上し、関東地方に接近した。

降り始めた雨は激しさを増している。最初の一時間で五十ミリを超え、その後は百ミリを超えた。陽が沈んでから、神奈川、東京、千葉では河川の氾濫、土砂崩れが各地で発生し始めている。

テレビでは濁流となって流れる河川や、土砂崩れで埋まった道路を映している。

鉄道、地下鉄、バスなどの公共交通機関が、激しい風雨のために運休を始めた。新宿、渋谷、池袋などの主要駅では、帰りの交通手段を失った人たちが降りしきる雨に霞む街を呆然と眺めている。

田久保の脳裏に、多摩の家の裏山が浮かんだ。その光景が広島の山へと続いていく。恵美たちは無事に避難を終えたのだろうか。

電話の音に意識が引き戻され、反射的に受話器を取った。避難指示を出すかどうかを問い合わせる市役所職員からの電話だった。

「この状態で避難指示は遅すぎます。無理をして避難しようとすると、かえって危険です。土砂災害の恐れのある地区の住人は、山側から離れた部屋、二階のある場合は二階に避難、洪水の危険のある場合は自宅のいちばん高い部屋で助けを待つようにアドバイスしてください」

田久保は次々に掛かってくる市町村の防災関係者からの電話に対応した。

8

車を取ってくる、と言って外に出た大里がすぐに戻ってきた。全身ずぶぬれで、雫《しずく》を垂らしている。

「ダメだ。山から流れ出た泥水で歩けない。この状況じゃ、車は動けないだろう。数台の車が立ち往生している」

「ここは孤立してるってことですか」

「下手に動かない方がいいってことだ」

一階のホールに集まっている避難住民は不安そうな表情で、大里の言葉を聞いている。

風雨はますます激しくなり、叩き付ける雨で建物全体が振動しているように感じる。裏山の木々が悲鳴のようなざわめきを上げている。時折り何かが建物の壁に当たる音がした。そのたびに、部屋に緊張が走った。

恵美の頭には田久保の言葉が残っていた。この避難所は土砂災害に巻き込まれる危険がある。外はさらに危ない。

「皆さん、山側から離れて。二階に行きましょ。ここは一般の家よりは丈夫にできてる。崩れたり、流されたりしない」

山からの土砂と流木は窓と壁を突き破り、下の階から流れ込んでくる。田久保の言葉を懸命に思い出していた。

「ねっ、いいでしょ」

恵美に聞かれ、公民館の責任者はあわてて頷いた。

「最初にお年寄りを二階に上げてちょうだい。車椅子の人は、誰かが背負って」

恵美は良枝を立たせながら、大声を出した。避難している住民たちも、恵美の声に促されて立ち上がる。

「二階のスペースは十分あるからあわてないで。お年寄りには手を貸して、階段はゆっくりね」

「お婆さん、僕が背負って階段を上ります」

大学生らしい若者が良枝の手を取った。

部屋の空気は重苦しく、緊張で張り詰めていた。公民館の責任者が置いたラジオが台風関係のニュースを流している。

雨と風が窓ガラスを打ち、裏山の木々の枝葉を轟々と鳴らす音が響いてくる。窓ガラスを流れる雨が滝のようだ。水中に取り残された家に閉じ込められているようだと、恵美は思った。

剛志と純一が肩を寄せ合うように並んで座っていた。時折り顔を見合わせて何か話している。純一の顔には恐怖が浮かんでいる。剛志が純一を勇気付けているのか。

そのとき、泣き声が上がった。赤ん坊だ。あやしても泣き止まないらしく、母親の困り切った声が聞こえてくる。恵美の横に座っていた良枝が立ち上がろうとして、倒れかかった。

「お母さん、おとなしく座ってて」

恵美を無視し、良枝は這って赤ん坊のところに向かった。

「可愛いね。きっと怖いんだよ。こんなところで、怖い顔をした人たちに囲まれてて」

赤ちゃんと母親の顔を交互に見ながら笑いかけた。

「やめてよ、お母さん。皆さん、ごめんなさいね。勝手なことを言って」

恵美はあわてててまわりの者に頭を下げる。

「良枝さんの言う通りだ。大人が不景気な顔をしてたら、子供が怖がる。楽しくはないが、少しは楽しい振りでもするか」

大里が立ち上がって呼びかけた。静まり返っていた部屋に小さな笑い声が上がった。

赤ん坊の泣き声はますます大きくなったが、前ほど気にならない。

高速道路を降りたところで、突然車列のスピードが落ちた。道は完全に泥水に浸かっている。中村の乗った大型トラックは歩くような速度で泥の道を進んでいく。

陽が沈んでから、多摩市の市長から自衛隊に災害派遣要請が出た。

中村は身体をかがめるようにして外を見ていた。降りしきる雨の中に街灯の光がかすんでいる。駅前の通りのビルには見覚えがある。数週間前に来たところだ。その後もグーグルマップを何度も見たので、頭に刻まれている。目を閉じれば、マップと実際に行ったときの記憶が交錯する。

車列は駅前から西に進んだ。道路は下水道から溢れ出た水と、山から流れてきた土砂と泥水で覆われてはいるが、見覚えのある街並みだ。

「どうかしたのか」

横に座っている青山が声をかけてくる。

「何でもありません。ひどい状況ですね」

中村は純一の家を探した。角を曲がって――。すぐ近くをトラックは通りすぎていく。

すでにこの辺りの住民は全員が避難していると聞いている。残っている者は消防と警察が近くの避難所に連れて行っている。

トラックが止まった。すぐそばに山が迫っている場所だ。

雨は前ほどの勢いはないが、まだ激しく降っている。風は収まっていた。

トラックから降りた。泥水は膝の高さまであり、かなり歩きにくい。目の前に土砂に埋まった広大な土地が広がっていた。

「我々の任務は孤立している住宅からの住民の救助と、土砂に埋まった建物からの救出だ。全身を目と耳にして生存者を探すんだ」

長岡の注意事項を聞きながら、中村は通りを埋める泥水を見ていた。

右手で顔をぬぐった。首元から雨が染み込んでくるが、もう慣れている。

山から流れ出してくる泥水で道は完全に消えている。一歩踏み出すと一気に太腿まで浸かった。

そのまま泥水の中に入っていった。水の圧力を感じる。油断をすると流されてしまう。

目の前には長岡の分厚い背中がある。ついて行けばいい。迷いはなかった。

「気を付けろ。流れがかなり強い。転倒すると、流されて泥に埋まるぞ」

長岡が叫んだ途端、横を歩いていた青山の姿が消えた。流れに足を取られたのだ。

反射的に中村は腕を伸ばして泥水を探るが、手応えがない。

「青山さんが巻き込まれました」

中村は叫びながら、周囲を探った。顔を上げると数メートル先にヘルメットと腕が見える。

気がつくと、中村は泥の中に飛び込むように身体を投げ出していた。必死で泥水をかき分け、腕を伸ばしてヘルメットの端に指をかけた。

泥水の流れに足を踏ん張って、全身の力を込めて引いた。泥にまみれた青山の顔が現れた。

「息をしていません」

「背中を叩いて泥水を吐かせろ。身体を水平に保て。急ぐんだ」

長岡の指示により、周囲の者で抱え上げた。うつぶせにして長岡が口に指を突っ込む。中村は拳で青山の背を叩いたが反応がない。

「車のボンネットに乗せろ」

泥水の中で動かなくなった車に青山を運んだ。

長岡が青山の上に乗って心臓マッサージを始める。

「顔を横にして水を吐かせてから気道確保の姿勢をとれ。人工呼吸、マウス・ツウ・マウスだ」

長岡に叱咤され、中村が青山の口に息を吹き込む。

取り囲んだ隊員たちが見守る中、中村は何も考えず、懸命に青山の肺に空気を吹き込み続けた。

十分がすぎたが、自発呼吸は戻らない。隊員の一人が中村の肩を叩いたとき、青山が生暖かい水を吐いて咳き込み始めた。


剛志と純一は道路端に立って、通りすぎていく自衛隊の車列を見ていた。

一時間ほど前から、風も雨もウソのように止んでいる。台風はすでに関東地方を通りすぎた。勢力を弱めながら東北地方に向かっていた。

朝陽に照らされた町は完全に変わっている。一部の地域を残して水は引いたが、道路一面泥に覆われていた。

自衛隊員の乗るトラックとブルドーザーやショベルカーを積んだ大型トラックが、二人の目の前を何台も通りすぎていく。

「陸上自衛隊練馬駐屯地か」

純一は呟きながら、真剣な目でトラックを追う。

「なにかを探してるのか」

「知り合いがいるんだ」

「自衛隊にか」

「兄さんみたいなもんだ。広島で僕の命を助けてくれた」

「カッコいいな。どんな人？」

「よく陽に灼けた人。中村真一陸士長だ」

凍えそうな天井裏で上着で包んで抱き締めてくれた大きく暖かい身体と、病院のベッドで寝ていた純一の顔を覗き込んできた陽に灼けた笑顔を思い出していた。

純一は通りすぎていくトラックに目を向けたまま、一歩踏み出した。


大型トラックの荷台に座り、中村はぼんやりと外を見ていた。山から流れ出た流木と泥水に覆われた町が広がっている。

「ありがとよ」

隣に座る青山がまた礼を口にした。「久美子に話したら、おまえは私の神さまだって」

「訓練通りのことをしただけです。お礼を言うのなら、長岡一等陸曹に言ってください。心臓マッサージは一等陸曹がやりました」

「人工呼吸はおまえだろ」

徹夜で救出作業を行い、崩壊した自宅に閉じ込められた三人の男女を救出した。一人は子供だ。行方不明者の捜索と避難者支援のため、この地に数日は滞在しなければならない。近辺の公園で野営することが決まり、宿営地の設営に行く。

「ここ多摩だぞ。おまえの文通相手が住んでるんだろ。大丈夫だったのか」

「そうですね。チャンスがあれば連絡してみます」

中村の視線の先に二人の少年が立っている。並んでこちらを見ていた。二人とも中学生くらいだろうか。一人は小柄な少年、横のひょろりとした少年は――。中村は思わずトラックの支柱につかまり、身を乗り出して少年を見つめた。少年が一歩前に出た。

「どうかしたのか」

「ちょっと……。なんでもありません」

中村は背筋を伸ばして、椅子に深く座った。確かに純一だった。三年でずいぶん大きくなった。先週の手紙に、「ちょっと遅いけど、中学入学のとき」と書かれた写真が入っていたが、それに写る姿と比べても身長は伸びた気がする。今度、手紙の返事を出してみようか。

◇

紀伊半島から日本に上陸した台風25号は、列島を北上し、各地にツメ跡を残しながら東北地方に達した。一度太平洋に移動して、北海道を通って、温帯低気圧に変わっている。最終的には四名の死者と、各地に土砂災害と河川の氾濫による洪水、強風による農作物への被害を残した。

テレビでは泥水に浸かった町の様子や、泥の海と化した田畑を映していた。それを茫然と見つめる住民たち。水が完全に引くまでには、さらに数日かかると告げていた。

〈地球温暖化による異常気象は今後ますます増えると考えられています。台風は大型化し、発生回数も増えていきます。日本がその通り道となる可能性も増加するでしょう。私たちは十分な備えと自覚を持って対処しなければなりません〉

気象庁予報課の声明として、部長の田畑が記者会見で読み上げた。

台風25号通過から二日がたった。

被災地にはすでに全国のボランティアが入り、家々を襲った泥水と土砂をかき出していた。

恵美の実家は山側は崩れた土砂が押し寄せたが、父親が亡くなる前年に造ったコンクリートブロック塀で止まっていた。それでも、山からの流木が塀の一部を破壊して土砂とともに裏庭に入っていた。家の被害は大きかった。飛んできたブリキ屋根の一部がリビングのガラスを割って、風雨が吹き込んで床が水浸しになっていた。

あと数時間、豪雨が続いたら土砂に埋まっていたというのが、田久保が崩れた裏山と流れ出た土砂の写真を見せたときの川端の言葉だ。

恵美の実家の地区は山側の三軒が土砂に埋まった。幸い住人は避難していたので無事だった。

恵美たちが避難した町の公民館は裏山が崩壊して一階と二階の一部が土砂に埋まった。幸い避難者全員が二階の山側とは反対の部屋にいたので、転んで足を捻挫《ねんざ》した者が一人出ただけだった。恵美の助言を受けて、市役所の担当者が避難住民を一階から移動させたためだ。

しかし、二十一世紀多摩ニュータウンの裏山は大きな土砂崩れが起こり、モデルハウスにいた男女二人の社員が亡くなっている。


田久保は恵美と剛志とともに、土砂に埋もれた造成地に立っていた。家の片付けが終わるまでの間、良枝が施設に入ることになり、家族全員で送り届けた帰りだった。

目の前では自衛隊のブルドーザーとパワーショベルが唸りを上げていた。二百メートルほど先に埋まっているモデルハウスに人を送り込むための道を付けているのだ。今のままでは、人が入ると腿の辺りまで泥に埋まってしまう。

山に目を向ける。えぐられた巨大な山肌が、流れ落ちた土砂の量と流れの激しさを物語っていた。

「あれだけの量の土砂が押し寄せたんだ。実際に家が建っていたら、ひとたまりもなかっただろう。町一つが全滅だ」

田久保の脳裏に広島の土砂災害の光景が浮かんだが、その数倍規模の被害が出ていただろう。

「人が入る前でよかったたって、ジュンが言ってた」

「ジュンくんの両親も、広島の土砂災害で亡くなってるんだってな」

「地域は違うらしいけどね。ジュンの多摩の家は土砂も入ってなくて被害はなかった」

台風が通過した市町村と細かな連絡を取り合った気象庁は、被害を最小限に防いだと、マスコミに評価されていた。記者会見では、都築と部長が意気揚々と成果を話している。

ふいに、田久保の耳に轟々と鳴る風雨の音が聞こえた。吹き付ける風が家を揺らし、窓ガラスに叩き付ける雨が空気を振動させ、身体にも伝わってくる。町は停電で真っ暗だった。テーブルのロウソクの炎を家族で見つめていた。ゆらゆらと揺れる炎は、なぜか心を落ち着かせた。小学生のときの広島での記憶だ。ハリケーン——スマートでカッコいい響きか、田久保は心の中で呟いていた。

田久保は泥にまみれ、靴跡の付いた足元の紙を拾い上げる。チラシだった。

夢のニュータウン、未来の町に住んでみませんか——。

チラシの泥を田久保は払いのけた。恵美がそのチラシをつまみ取って、小さく畳み、ズボンのポケットにしまった。

剛志が伸び上がるようにして手を振った。視線の先に、自衛隊のブルドーザーを見つめる純一の姿がある。

主要参考文献

『アーバンクボタ　№23』（株式会社クボタ）
『気候変動下の水・土砂災害適応策　社会実装に向けて』（池田駿介、小松利光、馬場健司、望月常好編、近代科学社）
『気象業務はいま　２０１６』（気象庁）
「気象庁職員募集案内」（気象庁ホームページ）
『水害の世紀　日本列島で何が起こっているのか』（日経コンストラクション編、日経ＢＰ）
『台風　気象報道の現場より』（渡辺博栄、数研出版）
「土砂災害対策の歴史と背景　砂防１００年の大計」（国土交通省河川局砂防部）
『ニュートン別冊　この真実を知るために　地球温暖化』（ニュートンプレス）

〈著者紹介〉
高嶋哲夫　1949年岡山県玉野市生まれ。94年「メルト・ダウン」で第1回小説現代推理新人賞、99年、「イントゥルーダー」で第16回サントリーミステリー大賞・読者賞を受賞。『ダーティー・ユー』『ミッドナイトイーグル』『M8』『TSUNAMI 津波』『東京大洪水』『風をつかまえて』『乱神』『衆愚の果て』『首都感染』『首都崩壊』『富士山噴火』『浮遊』『日本核武装』『電王』など著書多数。

本作はデジタルポンツーン（2017年5月号～11月号）の連載を大幅に加筆、修正したものです。あくまでフィクションであり、実在する個人、団体とは一切関係ありません。

ハリケーン
2018年1月10日　第1刷発行

GENTOSHA

著　者　高嶋哲夫
発行者　見城 徹

発行所　株式会社 幻冬舎
〒151-0051 東京都渋谷区千駄ヶ谷4-9-7

電話：03(5411)6211(編集)
03(5411)6222(営業)
振替：00120-8-767643
印刷・製本所：図書印刷株式会社

Printed in Japan
ISBN978-4-344-03240-8 C0093
幻冬舎ホームページアドレス　http://www.gentosha.co.jp/

この本に関するご意見・ご感想をメールでお寄せいただく場合は、
comment@gentosha.co.jpまで。